我愿乘风破浪,
只为人间烟火

庆哥 著

中国友谊出版公司

图书在版编目（CIP）数据

我愿乘风破浪，只为人间烟火 / 庆哥著 . -- 北京：中国友谊出版公司，2020.7
ISBN 978-7-5057-4925-2

Ⅰ.①我… Ⅱ.①庆… Ⅲ.①随笔 – 作品集 – 中国 – 当代 Ⅳ.① I267.1

中国版本图书馆 CIP 数据核字 (2020) 第 102832 号

书名	我愿乘风破浪，只为人间烟火
作者	庆 哥
出版	中国友谊出版公司
发行	中国友谊出版公司
经销	新华书店
印刷	天津中印联印刷有限公司
规格	880×1230 毫米 32 开 8 印张 133 千字
版次	2020 年 7 月第 1 版
印次	2020 年 7 月第 1 次印刷
书号	ISBN 978-7-5057-4925-2
定价	46.80 元
地址	北京市朝阳区西坝河南里 17 号楼
邮编	100028
电话	(010) 64678009

前　言

这本书写到尾声时，我很爱很爱的外婆去世了。

外婆经历了 90 个春秋，人生中该打的仗已经打完，当受的苦也受完了。从自私的角度，我舍不得她，我不想她离开，但站在她的角度，也许这是好的。

她在人生中最后的几年，常年卧床，记忆力已经退化到谁都不认识的地步，我坐在她床前喂她吃蛋糕，她说好好吃、好甜。那语气和表情像个顽皮的孩子。

外婆是个喜欢做事的人，最后这几年什么事都做不了，她一定觉得很难受。

我对外婆最深的印象是，做事很勤快，做什么活都很麻利，走路带风，我跟在她后面，也要跑着才能跟得上。夏天收割稻谷，她一个人能顶两个人用；她自己上山采茶，制作出的茶叶，香气四溢，来家里买茶叶的人络绎不绝。

周末，她在早上 5 点钟就起床去鲜肉铺排队买我最喜欢吃的猪腰子，回来用刀切成一块块薄片，用油、盐、生抽、白酒、糖等腌制，再放一点点的生粉，最后铺上姜丝，放在锅里蒸20分钟，就是一道美味佳肴。我到现在都很爱吃猪腰子，在超市里看到在鲜肉区码好的一个个深褐色的猪腰，就想起外婆为我做的清蒸猪腰的味道。

她用田间野生的崩大碗（积雪草）和白嫩的山水豆腐再加一块猪瘦肉，就能煲出清热下火的汤水；用自己种的茅根草、甘蔗、马蹄、胡萝卜就能变成我们最喜欢的夏日饮品。即使再普通的食材，她也能"点石成金"，这是老一代人的生活智慧，不需要用多少钱也能吃得有滋有味。

生活是丰俭由人的，有一双巧手，就能用人间烟火，抚慰人心，这是外婆教会我的生活哲学。

有自主的生活能力，并不是说你要为谁洗手做羹汤，而是你有了爱自己的本事。

在这个人世间，不管你有钱没钱，都需要拥有一点生活力的，这一点我在2020年的肺炎疫情里体会最深。

朋友的隔壁住着一位单身老奶奶，她在年轻时是一位大学老师，有很高的退休工资，她的老伴在几年前去世了，孩子都在国外定居。

老太太是个十指不沾阳春水的人，生活能力很差，平常家务、一日三餐都请保姆做。疫情爆发时期刚好是春节前，保姆回老家过年了，她一个人留在家里。一开始几天她还能点外卖，但后来城市里的食肆都关闭了。虽然老太太的家里有米、有面条、有冰鲜肉，但是她一道菜都不会做，连煤气炉都不知道怎么开。当她把家里的零食吃光，饿了一天一夜后，她到我的朋友家敲门，询问能不能给她一点吃的。

没有生活力的人，就算有钱也要受嗟来之食，可悲可叹。

疫情里，类似"下厨房"这样的食谱软件在一夜之间崩溃了，大家都开始惊觉：围困在家里，厨艺才是自我拯救的杀手锏，甚至有些人在一个假期里就把前 20 年的生活能力都掌握了，煮饭煲汤拖地，无所不能。

没有生活力的人是危险的，风平浪静时，钱能够买到大部分的生活服务，但也有意外的时候。

所以，还是自己的一双手可靠啊。

年轻姑娘在繁华的大城市立足，要有照顾自己的能力，即使你只是拿着微薄的工资，但会生活，能让你过得愉快一些。

我在大学刚毕业时，工资只有 1800 元，老板有时候还会克扣一点，但因为会精打细算过日子，再加上我自己会煮饭煲汤，每天都能吃得很有营养。每天下班到菜市场走一圈，用10元钱就能买到熬煮一锅靓汤的食材。新鲜的枸杞叶滚鸡蛋花汤，清肝明目，适合长期对着电脑的上班族；西红柿土豆瘦肉汤，适合在生理期后补一补气色；绿豆海带汤，适合熬夜长痘后的清热解毒。

反正，我会变着花样地照顾自己，即使我那时囊中羞涩。

会不会生活，这跟贫穷富裕无关，而是跟你有没有用心过日子有关。

托尔斯泰在《安娜·卡列尼娜》里说，只有生活能给他提供一个普通的解答，可以用它来应付所有无法解答的难题。这个解答是：去过日常生活，把烦恼丢在脑后。

是的，好好地去过日常生活吧，即使你现在有点落魄，有点困顿，一个人在大城市里无依无靠，但是当你认真做事后，会用一碗人间烟火来犒劳自己，心情就会愉悦多了。

每个会生活的女孩，都能为自己创造一个有能量的小宇宙。

好好工作也要好好生活，只要尚存一息，烦恼就存在，但在你的能量小宇宙里，可以暂时封起它，用生活的小美好替代它。

祝福每个热爱生活的女孩，都拥有一个美好的人生，在繁华的世界里沸腾地活着，每一天都活色生香。

目 录
CONTENTS

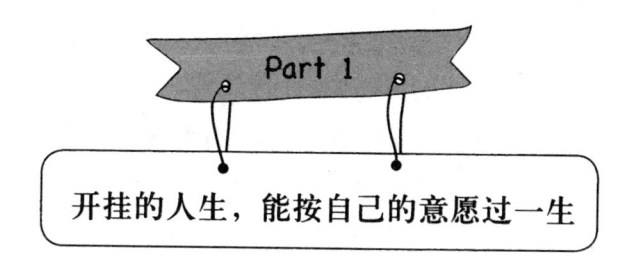

Part 1
开挂的人生，能按自己的意愿过一生

01 置顶你的学识，是最稳赚的投资 / 003

02 阅读量拖人均后腿者，工资也拖后腿 / 010

03 毕业第五年，我那个高学历女同学失业了 / 016

04 一个姑娘的开挂，从青春迷茫到精准成长 / 023

05 致微信回复"嗯"的人：社交表达，最快看清一个人 / 030

06 你反感的朋友圈人设，折射出你的情商 / 037

07 对安全感的依赖，是成人的高墙 / 044

Part 2

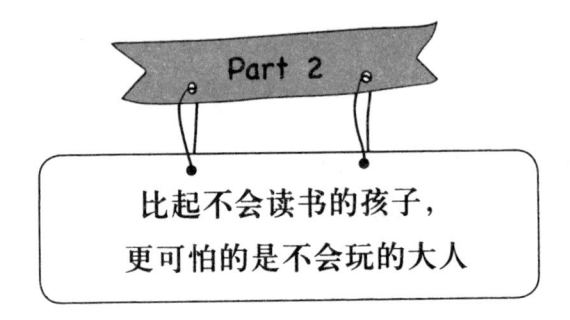

比起不会读书的孩子，更可怕的是不会玩的大人

01 你的生活品质，取决于闲暇时的打开方式 / 053

02 精致的人生，从断舍离开始 / 060

03 有趣的人生，就是做"无用"的事 / 066

04 用懒装成的"无力感"，正在拖垮你 / 072

05 单身的时候，该怎么过才是高质量的生活？/ 080

06 还不卸载"学生气"？简直太耽误变美变有钱了 / 086

07 你的"伪佛系"，正在毁了你 / 092

Part 3

生活有进退，
输什么也不能输心情

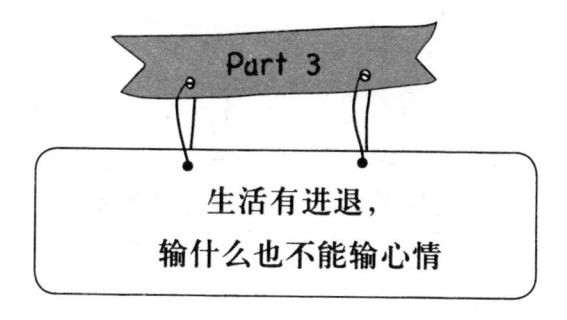

01　有个舒心的朋友圈，是最好的养生 / 101

02　废掉一个姑娘，就让她一直"少女心"吧 / 108

03　不动声色地度过自我怀疑期，是成年人的脆弱和胜利 / 116

04　一段关系里，别做那个动不动就炸毛的人 / 125

05　生活有进退，输什么也不能输心情 / 132

06　职场不容易，要学会创造一平米的安静 / 138

07　控制睡眠时间，是拥有开挂人生的开端 / 146

Part 4

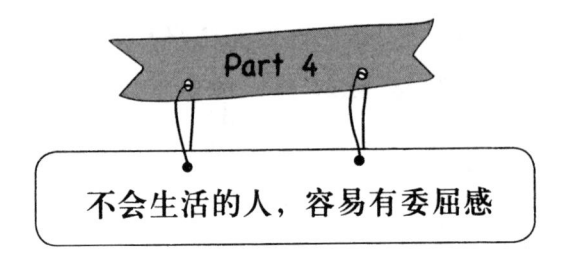

不会生活的人,容易有委屈感

01　没有烟火气,人生就是一段孤独的旅程 / 155

02　不用太多的欲望,满足也许只需要一块面包 / 161

03　旅行,是辛苦谋生外的另一种生活意义 / 166

04　生活有委屈感,因为你有敷衍自己的小习惯 / 172

05　吃饭不自律,身体淘汰你连招呼都不打 / 179

06　慢食,体会生活的原味道 / 186

07　有哪些饮食习惯坚持下来,整个人都变美了 / 191

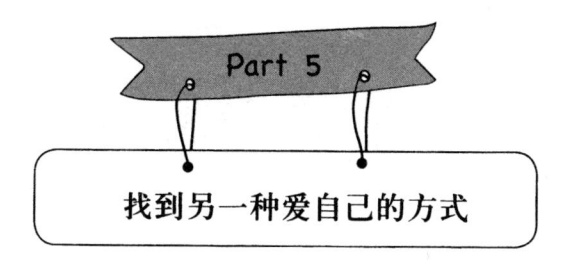

Part 5
找到另一种爱自己的方式

01　不慌不忙，在汤里找到坚强的勇气 / 201

02　成为素颜好肤质的姑娘：来一碗花胶靓汤 / 205

03　成为简约派的养生党：调整姿态的花果茶 / 209

04　爱护自己的皮囊：煲汤比写诗重要 / 218

05　又忙又爱美的你：煲汤是自律的开端 / 227

06　提升你的撩人值：让美变成一种能力 / 235

开挂的人生，能按自己的意愿过一生

Part 1

01　置顶你的学识，是最稳赚的投资

小师妹来我家玩，吃饱喝足后，我俩在阳台上聊天，她跟我说："姐，我快结婚了。"

我正准备恭喜，不料她心事重重地说："可是我没什么嫁妆，怕男方父母看不起。"

师妹的父母挣钱辛苦，收入不稳，供她念完大学，家里已元气大伤，哪还有钱补助她的嫁妆，一切只能靠自己了。

想想我自己，当年结婚时也没什么丰厚嫁妆，深知家境不比别人，能得到支持念完大学，已感谢家人和社会，哪还敢有过多奢求呢。现在靠自己双手，有一个不错的学历背景，

也算活得硬气自在，虽没富贵荣华，但也丰衣足食。

我们普通人家的女子不比富贵小姐，命运要我们赤手空拳打天下，那我们在闯荡江湖前更要修炼好武功。

没有人敢看轻一个有学历、有能力的女人，包括未来的婆家。只要我们有一双手和一副脑袋，这个社会再风雨飘摇，也有你的立足之地。

亦舒说："大学文凭是女人最好的嫁妆，有学识傍身，终身受用。"

是啊，有学识的女人，连独立谋生的资本都比别人强。当年张爱玲连夜逃出父亲的家，投奔收入不稳定的母亲，虽然在母亲家生活拮据，但张爱玲没有放弃读书。母亲对她说："如果你拿钱读书，将来就没了嫁妆，若现在嫁人，不仅可以不读书，还可以用学费装扮自己。"

张爱玲选择了不要嫁妆，继续深造。她以远东区第一名的成绩考入英国伦敦大学，但因为战争，转入香港大学读书，虽战火蔓延至香港，让她无法毕业，但她在大学期间积累的学识早已超越许多同时代的女性。

女人有学识作底气，即使在以男人为天下的民国时期依然能成为职业女性。靠学识养活自己，在那个时代已是独立自强的象征。

高考放榜，大家都说现在状元的家庭基本都是属于中上阶层，他们的子女从一开始就具备不凡的教育资源。那我们寒门的子女怎么办？还有出路吗？

在《智识分子》一书中，万维钢有个基于调研后的观点：对于有钱人家的孩子，大学读不读名校，对其将来的收入影响不大，毕竟只要他的综合实力强，在哪都能闯出一片天；但是对于贫苦出身的孩子，考不考得上名校，对将来的收入水平影响很大。这说明了，穷人家的孩子更要拼命读书，就算要你脱十层皮也要发愤学习，因为改变命运的机会并不多，读书是最有效的捷径。

穷，就更该为自己争取更好的教育资源。用文凭装点门面，用知识武装大脑，用勤奋立足职场，这才是穷人孩子最有贵气的嫁妆。

自身实力比珠光宝气更显身价。

张爱玲的祖母李菊藕带入张家的嫁妆足够三代人的用度，但其实到了第二代，那些嫁妆就被张爱玲的爹败光了。

再丰厚的嫁妆，坐吃也会山空，还不如拥有开天辟地的能力稳阵。况且婚后，能拥有跟丈夫一起创造财富的能力，比父母给你的物质财富更胜一筹。

雄霸华人首富几十年的李嘉诚先生退休了，有人说李嘉诚的富贵，离不开岳父的本金支持。但其实给他最大支持的是他的学霸原配夫人。

太太庄月明虽出身名门，但对李嘉诚帮助最大的不是她的出身，而是她毕业于香港大学以及日本明治大学的精英背景。庄月明精通多国语言，能轻松对接外国客户和处理文件；长江实业上市，她能以出色的才能担任公司执行董事。据说李嘉诚许多石破天惊的决策，都是这位夫人在背后发力。

有能力做丈夫的幕后功臣，本身具备的学识和魄力就高人一筹，即使她不辅助丈夫，自己独当一面也绰绰有余。

张爱玲说，中年以后的男人，时常会觉得孤独，因为他一睁开眼睛，周围都是要依靠他的人，却没有他可以依靠的人。但有学识的女人不会让丈夫有这个局面，因为她能做他的知己良朋，也能做他的军师。

杨绛曾在一篇文章中说到自己母亲如何用学识帮助丈夫解决法律业务。她说："父亲辞官后从事律师职业。父亲会将其受理的每一件案子都详细向母亲叙述，母亲会提出自己的见解，两人一起分析、一起讨论。"

杨绛的母亲毕业于一所名牌中学，算是那个时代的知识分子，她的思想跟得上丈夫的节奏。她的教育水平使她能够为丈夫的事业贡献一份力量，不只是做一位简单的家庭主妇。

能用学识撑起一片天，才是天生旺夫命。有学识的女人在成为一名母亲后，福泽也会绵绵无绝期。

宾夕法尼亚大学学者安妮特·拉鲁是研究美国不同社会阶层中不同家庭环境的专家。她花了 20 年的研究发现，教育程度较高的父母和处于底层的父母培养子女的方式相去甚远。

有学识的父母会深层次地参与孩子成长的各个方面，为孩子创造源源不断的学习感知体验。教育水平高的父母，尤其母亲的学识，对孩子的成长影响很大。

朋友有次来我家玩，她看到我儿子在床上想把手指往嘴里送，可是儿子一次两次三次都没有成功，心情有些急躁。

朋友跟我说，孩子用手的敏感期来了，这个时候应该帮助孩子，否则他容易有挫败感。

我内心暗暗感谢朋友的提示，也佩服她在育儿方面的知识，当妈妈后的她还在修读儿童心理课程。因为有幼儿的教育背景，她帮助儿子顺利度过了敏感期，让他成长得更加快乐和健康。

把三个儿子送上了斯坦福的陈美玲，本身就是斯坦福大学的教育学博士，她具备正确引导孩子的能力。我印象最深的是她在书中描述过一个情节，儿子在学校被老师要求用"人类就是卑鄙的"来举例做演讲。她旁听后觉得不对，赶紧纠正儿子被老师灌输的价值观。她说："孩子人格形成的重要工作，不能扔给学校就不管，教育的全部责任在于家长。"

她的教育学识，让她在养育孩子时，有足够的敏锐度，知道什么时候要放手，什么时候要抓紧。这样的母亲本身就是孩子的榜样和贵人。

一个女人置顶了她的学识能力后，无论是自身的赚钱能力、与丈夫并肩的底气还是教育孩子的眼光，都更上一层楼。

有人说，女人之间有三场攀比：年轻时与人比自己，中年时比老公，晚年时比孩子。但其实无论哪一场较量，背后都是学识和眼界的较量。

有学识的女人会成就最好的自己,也会惠及丈夫和孩子,这是因果的良性循环。

《圣经》里说,有好的种子才能结出好的果子。深以为然,一生都追求学问,不断提升自己的女人,本身具备结出好果子的福气。

所以,姑娘,请置顶你的学识能力吧,这是最稳赚的人生投资。

02　阅读量拖人均后腿者，工资也拖后腿

第十六次全国国民阅读调查报告显示，2018年我国成年国民人均纸质图书阅读量为4.67本。好些人惊呼：自己好像连小数点后面的数字都没达标，但每天工作已经够苦够累了，哪有时间读书？

人是很容易陷入死循环的，很多拿着低工资的人，常常是那些说自己没时间读书的人。他们宁愿陷入低效率的忙，也不愿意挤出点时间好好阅读，升级认知，提升工作效率和专业能力。

而那些高收入的人，很多都是阅读达人，忙到"鸡飞狗跳"，依然会抽出时间读书。

时尚大师老佛爷每天工作16小时，每年为香奈儿设计8个系列服装，工作强度令人惊叹，可他每天都会抽出时间读书，家里甚至有30万本藏书。他源源不断的创作灵感来自于阅读的力量，当然，他永不枯竭的创造力让他成为印钞机式的时尚大帝。

巴菲特每天读书30分钟以上，比尔·盖茨的阅读习惯从小时候到现在从没变过，只有小学学历的李嘉诚终身都在读书学习。

读书是一个良性循环，这不仅是能力的良性循环，也是收入的良性循环。

日本著名经济类杂志 *PRESIDENT* 实施的调查显示：人们收入越高，读书时间变得越长。

以年收入500万~900万日元的人为例，他们的读书时间每天仅为5~30分钟，但年收入1500万日元以上的人则每天平均将30分钟以上的时间用于读书。

同样，无论是每月的读书量、买书的花费，还是走进书店的次数，都与年收入成正比例。根据这项调查，年收入越低的人，越会回答"没时间读书"。

所以，判断一个人的收入是不是可持续发展，问他平日有没有花时间读书就够了,这是预测一个人存款的摸底题。

知识就是力量,这个力量包含赚钱的力量。阅读面越广、知识面积越大的人,高收入的概率自然更高。

读书能帮助你积累知识,了解未知的领域。

大学毕业没多久,我开始在培训行业供职,虽然对该行业一无所知,但我工作到第四年就被提拔为部门主管了。从职场"小白"到职场中层管理者的进阶之路,我看了很多与该领域相关的书。

在周末,培训公司有很多公开课,公司的员工是可以免费听的,每次遇到让我心仪的课程,我都会去听。老师提到的有些理论听起来很深奥,我也会私下买书来琢磨。学习团队协作课程时,《团队协作的五大障碍》对我大有裨益,这对我后来在管理工作中遇到的很多棘手问题都有具体的解答。

将读书与实际工作结合,保持输入和输出的循环状态,整个人的视野和能力都会同时被提升。

在职场里,随着我们工作领域的不断扩大,工作难度也会增强。如果遇到不懂的问题,尽管我们不耻下问,也会怕劳烦别人。在不熟悉的领域盲点，自己可以买一些与行业相关的书进行钻研，就算后面请教别人，因为你提前预习过，便能做到有的放矢地提问，效率自然比别人更高。

多读书并不断精进自己，会让你在工作上有更多的闪光点，与此同时你的身价也在水涨船高。

很多人不满意当下的职业，想换一份自己喜欢、工资可观的工作，可是从不为改变现状做出努力，从不钻研跟喜欢工作相关的专业知识，下班宁愿玩手机也不会去看书。

我以前有位同事想转型做法律工作，为了司法考试，在怀孕生产的最后一刻还在看书，后来她真的考上了，有能力选择了自己喜欢而且收入更高的工作。

米歇尔在《成为》里说到，奥巴马喜欢下班后在一个封闭而拥挤的小空间，安静地读书写作思考，从小超强的阅读能力，让他思考问题很深邃。奥巴马在哈佛法学院读书时，是《哈佛法律评论》的主编，能坐上这个位置的人都是人中龙凤，只要他一毕业，便可任意挑选各大律所，百万年薪也不是梦。

虽然他后来选择了薪水不高的非营利组织，但是因着博学多才的亮点，奥巴马的人生选择可以有很多。

有良好读书思考习惯的人，无论是詹青云还是奥巴马，收获的红利不仅仅是知识的力量，还有能用金钱衡量的社会价值，最重要的是还有选择人生的能力，而不是被选择的无奈。

读书多的人，不容易吃亏，更懂得用知识手段维护自己的权益。

李敖说有次他买房子，验收时发现少了几平米，打电话到售房公司质问，对方不理会并粗暴地说："我们是黑社会流氓，你再追究，给你点颜色看看。"

李敖回复说："我也是流氓，不过我是读过书的流氓。"他告诉对方自己会用法律手段来解决问题。

李敖是读万卷书的人，他对法律知识的了解甚至不亚于大法官。他跟别人打官司都不用请律师，自己单枪匹马就能上阵，后来那个"黑社会"房地产被他告怕了，赔了钱也道了歉。

多读书，用知识武装大脑，连骗子、恶棍看见你都想拐弯走，自然减少在金钱上的吃亏。

之前西安奔驰女主维权事件让我印象很深，那位女士通过严密的逻辑和据理力争的方式"击退"奔驰女高管，展示了一个知识分子是如何睿智地争取自己合法权益的精彩案例。

从网上留言看，很多人纷纷"跪拜"这位奔驰女主，觉得多读书真的太有用了。

宁欺白须公，莫欺少年穷，也千万莫欺读书郎，有学问的读书人，知识是他们最好的盔甲。

多读书的人在被人欺负时，能以文明的方式展示强大的反抗能力，在运用知识维护合法权益时方不恨少，也才知道知识才是杀伤力最猛的武器。

曾国藩说："人之气质，由于天生，很难改变，唯读书则可以变其气质。"我认为，读书不仅仅能改变气质，它还能改进你的大脑，优化你的思想，提高你的能力，增值你的银行存款，从而大大提升你的身价。

暴富没有捷径，但多读书会让你一点点变得更富有。

03　毕业第五年，我那个高学历女同学失业了

前几天看了 TVB 的一档节目，讲不同国家的老人在晚年时的生活以怎样的方式度过。其中印象最深的是日本和韩国的老年人生活模式。

在日本，60 岁后依然在岗的人数在亚洲独领风骚，在电视屏幕上看到有些老人 80 岁了，依然精神抖擞，看上去像 50 岁。

韩国现在流行晚年整容，但凡子女带老人到美容院整容可以打半折。记者采访一位老人问她为什么要整容，老太太说，把下垂的眼角拉上去看起来更年轻和优雅。

韩国有很多 55 岁以上的老人都渴望能继续参与社会工

作，精神的外表让老人在职场里更有尊严。主持人问一位还在岗的韩国老人年纪，老人说自己79岁，但是心态是29岁，他每天都在学电脑，希望玩转互联网。

几期节目看下来，那些积极融入社会的老人的精神气一点不输年轻人，虽然已过耳顺之年，但身心健康完全在线。

人最怕的是闲下来后就不再丰富学习路径，与这个世界不再衔接。人还活着，但已经被这个世界抛弃，多么遗憾。

作为一个新手妈妈，对于"如何不让自己与社会脱节，不被这个世界抛弃"的问题，我的内心是忐忑的。

生孩子前在职场里兢兢业业，与客户斗智斗勇，和同事交流切磋，下班后学习摸索，感觉自己的步伐跟整个社会的节奏是共振的。但生完孩子后，之前辛辛苦苦建立的汗马功劳全部被打乱。

工作的最新动态与自己无关，看书的时间也大打折扣，孩子一哭便赶紧扑过去安慰伺候，全忘了自己是谁。等孩子睡了，虽然有空学习，但又没精力继续，还不如倒头大睡。

如此日复一日地堕落，难保不荒废人生，不与社会脱节。

以前有女同事喂奶三个月就断奶，当时我还说她缺乏母爱，但我现在理解了她的苦衷。女人为了重返职场做个有用的社会人，需要做出的抗争和努力实在太多。

隔壁部门的女强人，生完孩子不久就光荣归队，老板劝她多休息，同事心疼她太累。她的家庭经济不错，老公创业风生水起，完全可以养尊处优放大假。有次一起吃午饭问她缘由，她说老公开始也反对她那么早上班，但是她自己要争取尽快上岗，因为：

只有披上职业妇女这个袈裟她才会逼自己多学习新技能；只有要见客户，她才会狠心锻炼身材和管理情绪；只有面对竞争，她才更有进取心。

这一连串的良性循环都不是伸手要钱能够得到的红利。

人要融入社会的大江大河里，有过搏击和挣扎，才会不知不觉地脱胎换骨。

有人说，全职妈妈容易变成社会边缘人。我觉得并不是。

之前《奇葩说》有个叫刘楠的辩手，成为全职妈妈后，为了孩子能用上健康无公害产品，走上了母婴产品的开发之路。她在妈妈圈里，每天带着一群妈妈研究各种母婴产品，买遍全世界。

因为英文好，她自己去亚马逊网站上看美国用户写的评价。为了买到好的产品,她做了大量功课。她认真浏览各家国外电商,像神农尝百草一样试用不同的进口产品。很快她成了妈妈圈里的意见领袖,很多素不相识的妈妈都请她代买母婴用品。

她开的淘宝店靠扎实的口碑,连续两年取得四皇冠、销售额超过3000万的业绩。后来还得到了徐小平的投资,母婴事业遍地开花。

谁说全职妈妈就是时代的落伍者?

你看刘楠就在母亲的角色里杀出一条血路啊,她并没有与社会脱节,反而借助互联网的风口,做了母婴电商的弄潮儿。

当然,她有"学霸"的背景,但更重要的是她没有因为当全职妈妈而辜负自己曾经学过的知识。反而因为角色的改变,在另一个领域里用自己的本事开天辟地。

敢于直面世界变化,从而调整自己的人,世界也会报之以吻。

毕业后的第五年,我的一位女同学想转工作,但投了几十份简历都石沉大海。她深受打击,当年她可是名牌大学毕业啊，高学历的背景曾经是她的小傲娇，但是现在居然没多少项能力对得上金主胃口。

同学毕业后进入体制单位，没什么工作压力，自己也没想过要进修技能，每天上班不过是刷朋友圈、逛淘宝，最繁重的任务也只是做做excel表格。斗转星移，她的业务能力跟社会的要求渐行渐远。

但另外一位同学的命运就很不一样。她也是体制内的职业，生产半年后决定边上班边读研究生，可想而知压力有多大。

下班回家处理各种家务事，半夜喂奶，早起温书，这是日常的生活模式。这两年终于熬到了头，研究生毕业，实现了个人增值大翻身，工作也越来越有起色。

虽已为人母，但她的学习欲望，让视野和知识面与时俱进，自然身价也不可同日而语。

社会不会淘汰有进取心的人。

有姑娘说，自从毕业后，不少人就过着三点一线的生活，下班回家吃个饭，刷个综艺，看个抖音，累了就蒙头大睡，明天又是如此循环的一天。日积月累，再有能力的"学霸"也会沦为生活的阶下囚。

反思自己，已经成为新手妈妈的我，常警醒自己别被产后激素冲昏头脑，多在以下几方面努力：

- 见缝插针式地更新专业知识：提升专业知识有三方面，分别是看书自学、参加培训和在岗学习。我反对纸上谈兵，无论是看书还是培训，都要在实践中多摸索，让自己知行合一。
- 拥抱世界变化：多了解资讯，关注潮流，让自己有随时融入社会的能力。
- 保持与朋友联系：很多妈妈生完孩子后，眼里只有孩子的吃喝拉撒，这是很危险的。生活要多建立支点才能让自己活得稳定。多与朋友交流，哪怕带着孩子参加，相信我，通过一次聚会得来的新鲜事物是你在家的好几倍。
- 建立新圈子：如果你是全职妈妈，不妨多与其他妈妈交流育儿知识。我自己也加了好多妈妈群，每次都能从她们身上学习到很多新知识。

其实，我们活到最后，终归是会被世界抛弃，被社会遗忘的。但认清这一点，依然终生奋斗，尽力让自己适应大流，好让自己被这个世界忘记得晚一点，这本身就是一种英雄主义。

我敬重那些无论在什么年纪，无论生活发生了什么变化，还能保持学习力、与这个世界共振的人。因为那些与世界共振频率保持一致的人，活得越来越开心，越来越自信，他们已经成了世界的一部分，为这个世界发光发热。

被这个世界需要的感觉，千金难换。世界的变化不可怕，可怕的是你因为无能为力而提前退出这个时代舞台。

在我眼里，只要你做到在这个社会里不脱节，人生就不脱轨。

04　一个姑娘的开挂，从青春迷茫到精准成长

畅销书作家刘同说："谁的青春不迷茫，迷茫之后是成长。"在我看来，迷茫之后不一定是成长，迷茫后要精准行动才有资格脱胎换骨。

我的迷茫值在毕业三年后达到巅峰，本职工作熟能生巧，从周一到周五犹如调好程序的AI，起床、搭地铁、打卡、坐班、下班。第一年不亦乐乎，第二年优哉游哉，第三年寝食难安……

感觉自己陷入了一种无意识的工作，明明知道每天单曲循环的任务没有了价值的养分，却依然用惯性的思维在轨道

上苦苦坚持，因为惯性比改变舒服多了。

莫名的焦灼感让我不得不来一场灵魂拷问：难不成你就这样活到30岁？

我今年32岁，有点后怕如果当初在25岁时没有反思自己，没有用"一百个为什么"的精神质问自己除了打工还能为自己做点什么，就不会有现在的我。

在一次员工培训课上，前辈说："我们每个人都该好好经营自己的个人品牌。"那是我第一次听说人可以将自己当成一个品牌来经营，我以只听说过公司如何打造名牌，从来没想过把自己活成一张名牌。

当有了要把自己活成一张名牌的心态，心里好像多了一束光，突然有了想认真对待自己所做的每件事的想法。

原来走出迷茫的第一步是，先认真地对待自己。

即将大学毕业的表妹问我，她该留在国外工作或回国应聘外企，还是听父母之言考事业单位。我建议她该问问自己比别人优胜在哪里。

在国外学习多年，她的外语和交际能力很强，事业单位的考试系统以及需要应对的人情世故都是她的弱项。懂得用一等马去赛人家的三等马，工作才能如鱼得水。

经营自己就要认识自己，深挖优点。

我自小写作能力比别人稍强，无论从事什么工作，我都会想方设法突出特色和亮点：发出的邮件条理清晰、重点突出、逻辑分明；打磨的方案结构合理、别具创意；会议PPT意简言赅、设计有趣、一目了然。

别人也许不了解你的潜力，但会通过你的作品断定你的素质。让别人对你的强项过目不忘，就是你的品牌力；锤炼自己在职场里的核心竞争力，用创业者的心态打工，就是把自己当品牌经营的思维。

励志书作者特立独行的猫签约知名外企时，HR对她说："你的外语没母语好，要苦练外语。"可她的想法是：我的外语苦练一辈子也不会比别人母语好，倒不如用自己的中文优势占领高地。

从那一天起，每个下班后的夜晚，她都立刻打开电脑开始写作，凌晨两三点睡觉，早上8点起床继续去上班。那时还没有微博、微信，她就从博客写起，每天坚持1500字的输出，一点一点积累和表达自己。

后来，她的文章几乎都被推荐到新浪博客首页，博客的阅读量几个月冲刺100万，后期甚至每个月就能达到100万的新点击。

很快有出版社来邀请她出书，也有很多媒体邀请她开设专栏。新书成了百万畅销作品，她自己也实现了财务自由。

一个人的特长就是他的机遇。

快速成长的人，都能敏锐地察觉到自己的优点，找到定位，付诸行动，人生的路才曲径通幽、柳暗花明。

我的好友是一名护士，有次她跟我说，她用仪器帮病人吸痰的功力是全科室最好的，比她更资深的护士也没她吸得干净且令病人舒畅。

她在ICU科时，单位引进最新的仪器，她第一个学会并能与医生无缝对接；别的同事表示能跟她一起值班就像吃了定心丸，每次有突发状况，专业过硬的她都能临危不乱，高度配合医生把任务安全着陆。

不仅有同事的认可和领导的欣赏，她还收到很多病人的感谢信，后来还有了晋升和出国培训的机会。

她对自己能力的总结是：别人做完一件事，做完了就做完了，但她会反思还有什么改进的地方，总结经验，精益求精；别人下班就下班了，但她会研究最新的医学报告，总结临床案例。

在同一个岗位，有些人可以熠熠生辉，有些人却暗淡无光。

有的人在本职工作上不认真钻研总结，而是眼高手低，什么事都做不好，得过且过，然后说自己很迷茫，不知道何去何从，做得没有成绩就心灰意冷想跳槽。

迷茫混沌时，不妨遵循就近原则，把目所能及的任务出色完成，日积月累，也能成为职场佼佼者。人无远虑，必有近忧，但能把近忧都处理得好的人，远虑就更少一点。

有次我跟领导对谈，问如何才能精准地找到人生方向。

领导说，他会用排除法，可能一时之间没找到自己喜欢的，但逐一排除不喜欢的，目标会逐一浮现。

杨绛先生在 28 岁时被赏识，担任振华女中校长，这是一份厚职，可先生只担任一年就坚决辞职，理由是，她的意志是从事创作而不是做其他，后来她的剧本《称心如意》上演，而且很成功。

开挂的人生，能按自己的意愿过一生。

我采访过的传记作家范海涛，在 31 岁放弃在国内冉冉上升的事业去哥伦比亚大学读口述历史。徐小平劝她留在国内把握住事业机会，留学可以延迟实现，因为事业的窗口对于任何人来说，是一个醒了就难成的美梦。

可海涛还是决定倾听自己的声音，世界那么大，自己想去看看，便全力以赴去留学。

寒冷的冬天，她坐在新东方水清校区的GRE辅导班上，混迹于年轻人的队伍中听课；身为数学白痴，她花了很多时间苦学数学；夜以继日地背红宝书，花了10个月背GRE，考了三次才愿望成真。

现在的范海涛是中国第一位拿到哥伦比亚大学口述历史学位的，海涛工作室的前途无可限量。

厉害的人也曾迷茫过，就像范海涛，究竟要在国内继续扩张事业还是要到国外修身储备自己，是听资深人士的建议还是听自己的声音，这些都是令人焦虑的选择。

无论是范海涛还是杨绛先生，他们都不是要过别人口中无比正确、取得世俗成功的人生，而是要过自己认为有价值的人生。

为了这个价值，他们锁定目标，孜孜不倦地行动，每一步都竭尽所能，精准提升，一步步做下去，之前的迷茫越来越变得清晰。

学而不思则罔，思而不学则殆，在人生路上要学会知行合一，以优秀的人为榜样，追问自己要过怎样的人生，并为规划付出行动。

逼问自己是痛苦的，但问清楚之后就能有一个无痛的甚至是兴奋的状态，恨不得按下快进键，早日进入行动派系列。

乔布斯有句话我很喜欢：你的时间有限，所以不要为别人而活。不要被教条所限，不要活在别人的观念里，不要让别人的意见左右自己内心的声音。

最重要的是，勇敢地去追随自己的心灵和直觉，只有自己的心灵和直觉才知道自己的真实想法，其他一切都是次要的。

倾听自己的声音，然后像没有包袱没有后盾一样地去行动，有的放矢地提升、精进，光明的前途会大概率地站在你那一边。

05　致微信回复"嗯"的人：社交表达，最快看清一个人

近日，有网友发帖说自己在微信上回复了老板一个"嗯"，结果被老板教育："和领导、客户都不要回复'嗯'，这是微信的基本礼仪。"网友表示很委屈，准备辞职。

目前大众的意见主要分两派：一派说老板没毛病，与上级说话本就该注意礼貌用语；另一派反驳说用"嗯"不算没礼貌，只是真实表达，是老板太苛刻。

在我看来，在微信用"嗯""哦"的人，并不是礼貌的问题，而是这样会给人感觉冷漠、轻视、不够周到的问题。老板考虑到客户的感受，没有客户会喜欢冷若冰霜的服务者。

有位网友的评论很真实,他说:"如果对方给我回'嗯',我基本不会再回下一句,话不投机半句多。"这也代表了很多人的想法,我自己也是这样,每次与人聊天,如果聊到最后,对方用"嗯""哦"回复,我会很自觉地结束对话,内心会有点小沮丧且疑神疑鬼:是不是聊天让对方不愉快了?

如果当日网友回复老板不只是用"嗯",而是加上惊叹号变成:"嗯!"这样的效果会截然不同,老板会觉得你工作态度好,做事有热情。

也许与自己关系亲密的人,我们可以放肆表达,这是解放天性,释放自我,但除此之外,很多人的关系并没有达到这个程度。

尤其在网络社交里,鱼龙混杂,在表达上,我们还是要知分寸、掌火候。

周到的表达,是网络社交的基本礼仪,表达到位了,别人会从字里行间感受到你的善意、人品及情商。

在网络社交里,很多人不了解你,只能通过你发的文字感受你的性格和内心。在别人眼里,你的文字就是你的情绪和为人。

我有一个亲戚一表人才，在之前经过相亲，他约会了一位女士。在吃饭期间，双方相谈甚欢，可是后来不了了之，他自己也摸不着头脑。后来介绍人了解了那位女士的想法后反馈说，亲戚不解风情。

在微信聊天，女士跟他说晚安，他说"哦"；问他今天吃了什么，他直接列出吃的食物然后就没话说了；更过分的是，有时在微信上聊着聊着，男方没任何交代就消失了。女方因此对他的人品深存疑虑：连微信都对你冷漠的人，现实会对你好吗？

亲戚说自己很冤枉，因为他本身就是不善表达的人。但他的伸冤无效，我觉得不是不善表达的问题，而是没有用心表达。用表情包都比说"哦"强一万倍，直接说有事先忙都比无端失踪有礼节。

也许你就是宇宙最善良的人，但在网络社交里表达不周到，就会被误解、被冷落，因为你的表达方式也曾无意中冷落了别人。

组合 Twins 的阿娇经常被人说冷漠，她以前在网络上与粉丝互动是这样的，大家可以感受下：

网友：你什么时候来昆山吃大闸蟹啊～

阿娇：我不吃蟹。

网友：……

高情商的阿Sa对她说："以后你说话、发微博要记得用语气助词，要不别人会以为你不开心。"如果她在表达的时候加个"哦"，变成"我不吃蟹哦"就会让她亲善得多，让粉丝更有归属感。

其实阿娇是很单纯的女子，只是不会婉转表达而已。她在微博上为自己解释，让大家不要误会她生气，她只是心平气和地表达，以后会注意加语气词。近两年，她发的微博很多都有语气词，让表达更温暖，路人缘更佳。

千万别低估在表达上忽略的细枝末节而产生的副作用，尤其是能被截图、被收藏的网络时代。

有时候，一些不恰当的表达、敷衍的文字，立刻让你躺在别人的黑名单里而不自知。

鲁迅先生说："唯沉默是最高的轻蔑。"在网络社交里，不周到的表达才是最高的藐视。

很多人认为会撒娇的女人最好命，在我看来，我不知道会撒娇的人能否好命，但在网络社交里周到表达的人，会有不错的运气。

A女虽然性格直率可爱，但每次跟她微信聊天总是如芒在背。比如她让我帮忙买午饭，发来微信说她要叉烧饭、排骨炖汤，我回好的，然后她便没了下文。我们同事一场，客气一点说句谢谢，我下次也会更开心地为她效劳。

B女的表达就如沐春风得多，有事让你帮忙时，她会说："亲爱的，可以帮忙做×××事吗？"完事之后，她会说谢谢，顺便加上一个可爱的表情包，有时候还会发个红包表达谢意。很多同事都愿意跟她沟通做事，她在工作上办事也更顺风顺水，升职潜力更大。

有位前辈说，他在微信对接工作，最讨厌那些不做出回应的人。一句"好的，收到"虽举手之劳，但非人人能做到，如果一时忘了回复，记起时也要解释下原因，以免对方的负面猜测。

听蔡康永的情商课，他有句总结我很喜欢：你说什么样的话，就会成为什么样的人。

有些人说自己很好相处，事实上却非常难聊天。你跟他看完了电影，在微信上聊今晚的电影真好看，他只会说："对呀。"你跟他品尝完美食说："真好吃。"他只会说："是的。"如果多说一句:"如果你喜欢,我下次再陪你去。"这样给对方的好感会好很多。

只会说"是的""好的"的朋友既无聊到"爆",又拒人于千里之外,把对方的表达欲扼杀在喉咙里。礼貌点说是惜字如金,苛刻点说就是不尊重人。

在网络社交里对答周到且贴心的人,会让人心里暖洋洋,隔着屏幕也想跟你做朋友,反之,你很有可能成为别人眼里没有教养的人。

在我看来,在网络社交里有素养的表达,有以下几个特点:

- 工作上的信息,有问有回,有头有尾,重要的事情不要发语音,最好是发文字。
- 说话要尽快进入主题,开门见山比一直问"在吗"有好感得多。
- 说语音要尽量一次性说完,分几次短语音容易让人崩溃。
- 除非是非常亲密的家人或朋友,否则彼此表达要远近有度更让人舒服。
- 不随便群发清理朋友比如"清清吧"这样的消息,令人恶感暴增。

- 不随意 diss（批评）别人的自拍，默默屏蔽就行。
- 未经同意，不随意拨打语音电话，这好比没预约就冲进别人家里一样。

我们要谨记社会主义核心价值观，也不能忘微信社交的文明规则。我见过许多有素养、有品行的人，他们的网络社交礼仪也都非常令人舒适。

你注意什么，就是什么样的人。

注意穿搭的人，外表赏心悦目；注意饮食的人，身体素质好；注意社交表达的人，人缘好、情商高，有靠谱光环加身，职场更顺利，情场更顺畅，家庭更和谐。

在网络社交里，做到得体周到，有分寸感，就是最可爱的人。

在屏幕里说着谢谢的人，现实里也知礼节、会感恩；在屏幕里漠视你的人，和在现实里对你翻白眼的很可能是同一个人。所以，认清一个人从网络社交入手，这里会露出很多蛛丝马迹，甚至比面相更精准。

在我看来，你是怎么样的人，就会怎么样发微信，网络社交礼仪是每个人的照妖镜。

06 你反感的朋友圈人设，折射出你的情商

微博上有个话题讨论"最反感的朋友圈人设有哪些"，翻了下评论，犯众憎的人设还真多。

有的最看不惯没事瞎矫情、把喜怒哀乐挂在朋友圈的人；有的最反感天天吆喝微商、卖保险的人；有的最烦那些一天到晚发自拍且P得六亲都认不出的人……

1000个读者心中有1000个哈姆雷特，能容纳1000个人的朋友圈有500个讨厌的人。虽然朋友圈只是网络社交，看不到真人，现实中也远隔万重山，但有时也免不了被朋友圈的一言一行刺激，影响到心情。

有位朋友说，自己的微信好友 1000 多人，有一半人被他设置了"不看他的朋友圈"。眼不见为净是一种很明智的做法，否则越看越生气，伤了身体就不值得了。

但也有一种人，他们对朋友圈的热情很高涨，不仅自己很爱发表动态，也积极给别人点赞，让人感到他热爱生活，喜欢表达。对于不喜欢的人和事，这些人能睁一只眼闭一只眼，他们的情商也是很高的。

朋友圈也是有众生相的，它就像一个迷你的社会缩影，你对待朋友圈的态度，也折射出你是个什么样的人。

保养心灵，先学会屏蔽功能

白岩松在《人物》杂志的专访里说自己没有微信，因为担心社交时被别人要求交换微信，不给又过意不去，所以索性不用微信，更别谈发朋友圈了。

他没有点赞和评论别人的压力，也不会被所谓的人气投票绑架，只有更高浓度的精力处理事情以及关注自己想要关心的事。

也许我们没法效仿白岩松放弃微信的决绝，但我们可以偷师他有暂时屏蔽世界的能力。

以前坐在我办公桌对面的同事做事效率极高，为免做事分心她便很少看手机，也会暂时屏蔽朋友圈，下班在地铁上才看一下，点赞评论完又屏蔽了。

她知道自己是个容易分心的人，看到别人发美食照片就满脑子都是吃的，看到别人发小孩子视频，也会想到自己的孩子，心里有太多牵挂。但自从间歇性屏蔽朋友圈后，她整个人都神清气爽，上班高效、下班准点，工作家庭两不误。

对于那些极容易被外界挑拨神经的人，在微信的社交里，放下朋友圈，才能立地成佛。人生中有很多无法忍受的事，它们像太阳一样让你无法直视，你就只能逃避。

逃避也是社交的一种手段，我不觉得每个人都应该像鲁迅先生说的，勇者就要直面淋漓的鲜血、惨淡的人生。如果你是敏感型人格，让自己少看一眼反感的事物，多一份心灵的安宁，何乐而不为？

当然，如果你想要屏蔽某些人的朋友圈，记得把同事或者具有相关属性的人的微信分到一个组里，做到同时屏蔽。不露出马脚，不让自己尴尬，才能继续在朋友圈云淡风轻。

经过多年的积累，同事、客户、同学、老师、领导等已成为朋友圈的一部分，在朋友圈里的弱关系越来越多，我们在应付各自关系的过程中也分散了不少精力。

其实做个朋友圈"困难户"也不错,不应酬各路人马,不被"绑架"点赞投票,**只做真实的自己。不看、不发朋友圈并不代表冷漠,对于自己关心的人和事,私底下嘘寒问暖足矣。**

看透但不说透,是基本修养

不知道大家有没有遇到过"朋友圈杠精"这样的物种,无论你发什么,他们都会在三秒内赶到现场,反驳你、教育你,给他们看到一个喷点,估计能杠了整个地球。

有次我发了条动态说新版的《倚天屠龙记》男女演员演技可圈可点,有人立马留言:你的眼睛长在哪里?明明男主只会瞪眼,女主长相刻薄。

我无力反驳,咸鱼白菜各有所爱,你恨你的,我爱我的,河水不犯井水,这是成年人的基本修养。通过朋友圈也能看清一个人,那些看透不说透,能够做到和而不同、尊重别人观点和想法的人就很了不起,给人有教养感。

在微博话题"我最反感的朋友圈人设"里,在众多怨气冲天的评论中,我看到有位网友的点评像一股清流:

反感人家干吗？不喜欢就当没看见好了，你不喜欢微商可以设置不看对方朋友圈啊，朋友做微商也总好过出去干违法的事儿吧，不爱看不看就是了，更没必要在朋友圈留言批评人家。

这位网友对待朋友圈的态度很端正，是我的榜样。

别人发表什么内容，是他的自由，你也有看不看的自由，但是看了后也要保持风度，不赞同可以默默飘走，不怼是朋友圈基本守则。

在朋友圈的世界里，他强任他强，清风拂山岗，他横由他横，明月照大江。我自一口真气足，能包容万事万物，才是最高境界。

有时候我们之所以一开始能看透某些人，很多时候是因为他身上有着你曾经的样子。

包容他们，就是包容自己，跟朋友圈和解，就是跟自己和解，跟整个世界和解。

有学习力的人，他的朋友圈百花齐放

一位做自媒体的朋友跟我说，他从不会在朋友圈屏蔽任何人，因为自己经常在朋友圈能碎片化学习不少知识。比如在保险朋友发的动态里了解关于保险的冷知识，如何挑选适合自己的险种，怎么给家人买保险最划算；在房地产经纪的动态里，了解最近房价走向，哪个地段值得投资；在卖母婴产品的同学动态里，也学习到如何给孩子"买买买"才物超所值；在自媒体同行里，更了解到最新的行业动态、互联网写作的趋势，这对自己的工作大有裨益。

三人行必有我师，朋友圈的师傅多到你不自知，我自己本身也很少屏蔽微商，各种卖口红、面膜、面霜、茶叶、清洁用品的微商都各自在朋友圈里吆喝，十分壮观。虽然我很少会买他们的东西，但通过他们的文字也了解到不少新鲜的见闻，有时候会有不认同，也有时候觉得还不错。

罗素曾说过，须知参差多态，乃是幸福的本源。我认为朋友圈的参差多态也不是坏事，**在其中你可以看到不同人的生活方式、生活态度、性格特质、专业知识甚至是业余赚钱的技巧。**

有时候只是因为在人群中多看了一眼，今日的知识面就比昨日的多了一点点。说到底，每个人都有自己经营朋友圈的方式，**无论你是持屏蔽还是开放的态度，只要是舒服的、令自己愉悦的，就是正确的方式。**

无论一个人怎么对待朋友圈,是朋友的依然会是朋友,路人依然会是路人,这不是点赞或评论、屏蔽或开放能轻易改变的感情。

朋友圈只是一个人给外界看到的人设,无论怎么包装,你还是你,我还是我。

07　对安全感的依赖，是成人的高墙

《肖申克的救赎》是我每年都会"翻煲"的电影，虽然这部经典之作已经有25年历史，但每次看都有不同的感受，每次看完都像被打完一支强心针，从不同的角度去审视自己的人生。

影片中让我印象最深的是监狱里一位满头银发叫布鲁克斯的老人，每天推着推车给大家发书，这是他这些年的例行任务。

他在监狱里已经生活了50年，已经习惯监狱里暗淡无光的机械日子，吃惯了监狱饭堂的饭菜，也习惯被狱警呼

来喝去。每天的生活虽然枯燥无味，但是他每天都知道自己要做什么，只要按照别人的指令完成既定的动作，就是充满意义的一天。

他不知道外面的世界是怎么样，他只知道自己的使命就是好好送书，这就是他的价值。所以等到他出狱时，他非常恐惧甚至想刺伤狱友，这样就有新的罪名可以留下来了。

布鲁克斯出狱后的生活很悲哀，他看到的世界跟50年前的完全不一样。他不知道如何过马路，完全想象不到马路上全是汽车；他不习惯自主的生活方式，每天不知道去哪里才好，最后因为不适应这个新世界而自杀。

跟布鲁克斯相反的人是安迪，他原本是一个事业有成的青年才俊，因为妻子的背叛、律师的陷害，被判无期徒刑。

在监狱里虽然身体被禁锢，但他的心无比向往自由。他因为帮助警长解决了交税的问题，争取到了可以邀请狱友在屋顶喝啤酒的机会，那一刻所有狱友对安迪充满感激，因为当阳光洒在他们身上时，有重回自由的感觉。

其实安迪从没放弃过争取自由的机会，他冒着被惩罚的危险，在肖申克监狱里播放唱片："歌声直上云端，飘向更高更远的地方，超越了所有囚徒的灰色梦想，宛如美丽的小鸟,飞进了我们的牢房,瓦解了这冷酷的高墙,就在这短暂的一瞬间,肖申克的所有囚徒仿佛重获自由。"

为了给自己和狱友们构建自由的灵魂,让大家像外面的自由人一样享受知识的快乐,后来安迪给参议院写信,试图在监狱里建立一个图书馆。从一周一封信的频率到一周两封信,安迪坚持了多年,参议院终于同意拨款建图书馆。其实安迪在暗地里也一直计划走出禁锢和行动,他用了20年的时间,用一把锤子每天敲一点,终于在某一天敲碎了高墙,获得了自由。

安迪因为懂得很多理财知识,有专业的理财背景,被监狱高官重用。因为有利用价值,其实他在监狱里享受到的福利和地位都比自己的狱友好太多,但他并没有像温水青蛙一样,依赖安全感,被监狱的生活禁锢心灵,他无时无刻不在想如何跳出这个牢笼。他渴望自由,并用行动去践行自己的想法。

其实在生活里有两种人,其中一种就是像布鲁克斯那样的,被一成不变的生活和工作模式禁锢着,一旦离开自己熟悉的监狱,只能自寻死路了。但拦住他继续生活下去的不是肖申克监狱这座高墙,而是来自他内心对未来的恐惧的高墙。

他们对未知的世界充满恐惧,因为他们对安全感极度依赖,如果让他们去探索未来,比死更可怕。

我想起了我那位在银行里做柜员的朋友,他毕业于名牌大学,经过层层筛选成为很多人眼里"工作稳定"的银行柜员。柜员的工作很机械化,有次她跟我们一起吃饭时说,单一机械的工作程序让她的大脑快麻木了,觉得工作枯燥又没意思。

可是她说自己又不想换工作,因为离开体制很没安全感,不知道明天会怎么样,还不如踏踏实实做个柜员比较安稳。算算日子,她现在做柜员已经快10年了,近年来银行业被互联网金融打得疲惫,业绩大不如前,再加上智能工具的普及,银行不需要那么多柜员。朋友面临着艰难的局面,绩效工资越来越少,想到外面闯一闯,但她的思维模式和工作技能早就被日新月异的新世界淘汰了,她还可以去哪里?

《少有人走的路》里说,我们一生要经历数以千计甚至百万计的风险,而最大的风险就是成长,也就是走出童年的朦胧和混沌状态,迈向成年的理智和清醒。这是了不起的人生跨越，它不是随意迈出的一小步，而是用尽全力向前跳出的一步。

诚然，如果一个人害怕风险，一直活在安全的舒适区里，不即时更新思维和技能，就会成为你人生最大的风险，就像布鲁克斯一样，成为新世界里格格不入的人。

很多人其实早已习惯了三点一线的生活，家里—单位—路上，白天上班，晚上在家里看看电视就过完了我们最美好的青春岁月。

我们十年如一日地循环这个模式，从来没想过改变自己，离开舒适区去成长、成为更好的人。

所以我欣赏另外一种人生，就是安迪那样的人生。20年不变的生活模式并没有埋葬他对未来的憧憬和希望，他并没有被同化。他的心里有一束光，就算身体被禁锢了，但是他的心是高度自由的，他每天都为跳出牢笼而准备着。

这让我想到我另一位在国企做普通职员的朋友小眉。小眉也是大学毕业就进入了国企做行政人员，但是两年后她发现，工作单一不仅让自己没有成就感，而且近几年单位的效益不是特别好,她想跳槽到其他的大公司做市场策划。为了那次跳槽,她私底下买了很多市场营销和文案营销的书看,还报名参加了不少相关的培训课程。

后来小眉如愿以偿,成功进入到一家500强公司做市场策划,工资比之前翻了两倍。

稳定久了的人是很难走出第一步的,但有梦想的人,从不会被安全感的幻觉迷惑。以清醒的心态看自己,做自己认为有价值的事情,为实现自己的目标一步一个脚印地默默努力,积量成质,终于成就了自己。

对安全感的依赖,是成人的高墙,不要被未知的将来吓到,人生正是因为有未知才变得有意思。能按自己的方式过一生并且梦想成真的人,都是敢于冲破旧模式,内心充满希望的人。愿你我能成为这样的人。

比起不会读书的孩子，
更可怕的是不会玩的大人

Part 2

01　你的生活品质，取决于闲暇时的打开方式

我以前的主管是一位工作狂人，他说自己的人生愿望是死在工作台上，我被他的语出惊人吓到了。究竟是怎样的人生经历，让他有如此悲壮的想法？

主管早年在内地和香港两地跑，为了赚更多的钱，节假日也在应酬的路上马不停蹄。无论何时何地，只要客户一个电话，他不吃饭也要立刻解决，鞠躬尽瘁的程度值得拥有10个敬业福。

虽然钱赚了不少，可他在香港的小家庭却破裂了，妻子带着儿子远走加拿大。听同事说，他妻子无法忍受他的

工作狂性格。

失去家庭，没有了爱情和亲情，单身的他，工作是最好的陪伴和消遣。他随便解决一日三餐，平时也没有什么兴趣爱好，除了工作还是工作，好像生活对他而言，没有别的意义了。

《圣经》里说："人若赚得全世界，但赔上生命，又有什么益处？"**没有了生活，赢尽全世界也没滋味。过得好的人，不会忙忙终日，而是能好好利用闲暇时光，活得有滋有味。**

做人还是不要成为主管那样的人比较好，那种人生打开方式跟工作机器没有什么区别，可我们并不是 AI。

一个人真正的生活品质，是在工作时勤勤恳恳，在假期时好好享受，才对得起造物主对你生命的厚爱，才能把生活过成五星级的体验。

让假期活在趣味之中，才有价值

日本管理大师大前研一认为，人生要区分好 ON（开）和 OFF（关）两种模式，开启 OFF 模式的时候，要学会玩，而会玩的人都知道如何在闲暇时光做自己感兴趣的事。

深以为然，闲时做自己感兴趣的事，才感觉到自己有血有肉。

大前研一说自己放假时喜欢听古典音乐，家里的度假气氛被美妙的音乐填满，他还会写兴趣日记，记录下曲名、作曲者、指挥者以及演奏者，还会写下自己当时听音乐的心情。

十几年来，他因着在闲暇时光坚持做喜欢的事，让自己即使在高压的工作下也能轻松上阵，张弛有度。

做喜欢的事，能让假期每天都有趣，开心指数稳步提升。

有趣味的假期是最好的充电方式。梁启超在一篇文章里写道，如果人生无趣不如投海，凡人必须常常生活于趣味之中，生活才有价值。同理，充满趣味的闲暇时光，是有价值的休息方式。

心理学家米哈里说，当人的注意力完全投注在某活动上时会产生心流，心流的产生会让人感受到平静、愉悦、满足和放松。**而做自己感兴趣的事，是最容易发生心流的。**

我的一位中学老师很喜欢编织，每次看到她在朋友圈发的编织成品图片，觉得很别致精巧。

教学工作有时压力很大，很容易陷入焦虑，好在她有编织这个兴趣爱好，多年来每个寒暑假，在家创作各种好看的编织品，有毛线做的耳环、绣花胸针、小挂饰，能媲美商店精品，好多人在朋友圈看了都忍不住想找她订做。

老师说自从在假期做自己感兴趣的编织手工后，人快乐了很多而且不容易焦虑，假期里每天从睁开眼睛开始，被自己喜欢做的事包围，每刻都活在喜乐里。

做自己喜欢的事，会刺激大脑的奖励系统，释放出多巴胺，让你精神倍爽。

丘吉尔被议会赶下台，在政治生涯最暗淡的时候，别人以为他会一蹶不振，但他利用闲暇时光写下了关于二战时期的回忆录。他喜欢写作，在下台的长假里，他以做自己感兴趣的事的方式重启了另一种高质量的人生。

真正的闲暇，并不是什么也不做，而是自由地做自己感兴趣的事。**用闲暇时光做喜欢的事，是对自己最高级的奖赏。**

趁着假期多做自己感兴趣的事吧，比如听自己喜欢的歌，看一场电影，读一本有趣的书……竭尽所能去做想做的事，在这个过程里，你会感受到生活比你想象中的可爱多了。

让肉体爽个够，才是五星级休息

我们的肉体在工作日被我们"疲劳驾驶"多天，在假期里要想方设法好好赏赐它，才对得住它为我们立下的汗马功劳。

女友一有闲暇就去做美甲，我问她会不会太频繁，可她说做美甲之意不在"美"，而在于"休息"。她说自己在工作日脑力超负荷运作，只有在美甲时，才能让全身放松。花1~2小时，舒适地坐在沙发上，将自己的肉身完全交给别人，大脑放松，心情也随之变好，突然间一切烦恼都静止了。

物质决定意识，当你的身体舒坦时，身心的休养模式全开，心灵也会更加平静。

电影《至暗时刻》中，丘吉尔每次遇到大危机或困顿时刻，都喜欢泡澡，沐浴更衣后，穿着睡袍坐在椅子上喝最爱的威士忌。我不是建议大家像丘吉尔一样沉迷喝酒，但可以学习他在高强度工作之后，如何在休息时间里好好地松弛身体，让大脑放松，如此才能高效应对这个"凶残"的世界。

我曾在朋友圈看过一个自媒体人说，自己一年365日都在更文，从无休息日，如此操作了两年，身心疲惫，几乎要列入体弱病残行列。头发枯黄，肚腩横生，脸色如黄蜡，每天在焦虑中入睡，从焦虑中醒来，文章越写越差，惶惶终日。

不让身体适度休息，弊大于利，缺乏闲情逸致的生命是没有活力的。

我认同林语堂先生所说的，最适于享受人生的理想人，就是个热忱的、悠闲的、无恐惧的人。

人生在不断走上坡路的时候，不要让身体走下坡路，让肉体适度地悠闲，才能更无惧无畏地漂亮活下去。

朋友相聚的假期，是顶级享受

杨绛先生曾在《我们仨》中写道："李拔可、郑振铎、傅雷、宋悌芬、王辛迪几位，经常在家里宴请朋友相聚。那时候，和朋友相聚吃饭不仅是赏心乐事，也是口体的享受。"

好友相聚是口体享受，说得太对了。

工作日里的各种社交，都是情非得已下的逢场作戏，交心的知己反而见面次数越来越少，如果能趁着假期见见自己想见的人，这种喜相逢的私人社交是最好的休息方式。

就像综艺节目《向往的生活》里的那种假期模式，在一个美好的环境里，烹饪美食，邀请好友过来围炉夜谈，交心地说说话，是人生一大乐事。

黄磊他本人就是这样做的，每逢周末或过节，他都会邀请邻居好友们到他家大啖美食，玩赌注 5 块钱的扑克牌，喝喝红酒，悠然自得。

让人快乐的社交是一种休息，人终究还是社会动物，多见见让自己欢喜的人，就算静静地不说话，沉默也是一种享受。

不要说自己没有时间会友，人生苦短，能见上一面就有一面的欢喜。

珍惜在假期里和好友相见的机会吧，尝试不要看微信，关闭社交账号，少聊电话，跟朋友们好好吃饭、畅所欲言。

日子要活得"勤靡余劳，心有常闲"，才日渐豁然开朗。

身为都市人，也许我们大多数人未必做到采菊东篱下，悠然见南山的诗意心境，但做个"心有偶闲"的人门槛不高。

高质量休息的最简单方式是，在假期日里做高兴的事，见喜欢的人，适时给灵魂和肉体洗礼，你会发现快乐比想象中纯粹。

三毛说，心若没有栖息的地方，到哪里都是流浪。

而我认为，**身心都要找到栖息的地方，我们才不会流浪地球，活成孤岛。**

02　精致的人生，从断舍离开始

　　一位单身的女性朋友在广州市中心买了一套 40 平米的房子，去参观她家房子前，我充满幻想，觉得单身女郎在寸金寸土的广州拥有自己的房子，一定会住得很舒适，就像亦舒在小说里描写的单身职场女主拥有的家：能看见美丽风景的露台；干净的书桌上放着插满玫瑰花的水晶花瓶；有品位的沙发；大大的书柜整整齐齐地排着很多有意思的书；卧室里有舒服的床，被子是真丝的；柜子里放着一排排精致优雅的衣服……

事实上，那是我们一厢情愿的幻觉，当我和几个朋友推开门的那一刻，我们被现场的景观镇住了：拖鞋乱七八糟地放在玄关处，养在窗台的几盆植物枯死了一半，很多已经拆封的快递箱放在阳台堆积成山，卧室里的衣服没有放进衣柜而是东一件西一件地搭在书桌前方的椅子上，客厅的饭桌上堆满各种药瓶、洗面奶、润肤霜，不知道她是怎么能腾出空间放碗筷饭菜的……

一所40平米的房子被她满满当当塞满各种物品，从客厅走到阳台，要用脚踢开一些物品才能找到路。不知道她住在这样的环境里会不会烦躁，反正，我为她生活在这样的环境里感到心累。

这位朋友的收入其实还不错，但她每次出门穿的衣服都是皱皱巴巴的，一点精致感都没有。她说自己有太多衣服，衣服被塞在柜子里变皱了，而且因为衣柜太乱，翻找衣服很麻烦，为了节约时间，就随便穿一件出门了。

我劝她该断舍离了。

把家里的废品清空，她的家会更精致。把衣柜里不怎么穿的衣服扔掉，衣柜里只留下品质最好的衣服，每次出门随便穿都能穿出最美的形象。

会断舍离的人生，才是精致的人生，无论你多么富有，家里装修多么高级，但堆满杂物，有用和无用的东西交织在一起，你还是一个廉价的人。

美好的人生，懂得在循环清理物品的过程中，整顿自己的内心。

之前先生的外婆告别人世，她一个人住的房子堆满了老人生前用过的生活物品、看过的书和报纸。虽然她人已经离开了我们，但是看到散落在每个角落的物品，她的灵魂和味道依然飘落在空气里。

一开始大家都很伤感，不想去看和碰那些旧物品，但慢慢地，调节好情绪的我们觉得很有必要整理房间，清理老人的遗物。

整理中，我们慢慢发现，原来清理老人旧物的过程，也是整顿我们情绪的过程。当把房间物品清空后，我们好像跟外婆做了一场真正意义上的心理告别，一点点接受她离开我们的事实。

断舍离，是对过往的一种告别，不仅是对旧物的告别，也是对旧人的告别。每个人都会在某一天失去自己最宝贵的东西，我们在日常生活中要不断地练习如何放手，让自己能够淡然镇定地面对烦恼，甚至衰老、病患和最后的告别。

在这个世间，没有一样东西能够永远地属于你，无论你多么心爱、多么不舍得，你终有一天要撒手，包括你很爱的人和珍爱过的物品。

能定期清理旧物的人，活得清明而有主心骨，至少他们是"拿得起，放得下"的人，不为旧事旧物而拧巴伤神，当断则断。

你家的模样，就是你的内心世界。

去过一个很有生活品位的朋友家里。很奇怪，我在他的家里是看不到杂物的，感到特别清爽舒服。我问他有什么收纳技巧，他说就是少买东西，多扔东西。

这位朋友家里的物品虽然不多，但能看出一定的质感和品位，每一件都是他的深爱之物，比如他的实木书桌看起来很简约，上面整齐地放着几本书和一支笔，没有多余的杂物，在上面看书写作，一定会思路清晰、灵感不断。

在我看来，断舍离不是单纯地扔，而是精简出自己的最爱，懂得压缩出精华。学会断舍离，才能学会奢侈地爱自己。

在我还没学会断舍离之前，我也特别爱"买买买"，尤其是"双十一"促销的时候，无论有无用处，只要看到价格吸引，就会把东西买回来备着。家里堆满货物，简直像一个仓库。有次我看到一个超大的冰箱比之间的售价降了差不多500元，头脑发热就入手了，送货到家才发现这个冰箱对我们家来说太大了，放在厨房里，我需要侧着身子才能走到对面。

对于一个家来说，不合适的物品就是累赘，太多乱七八糟的物质，会扰乱心灵。我那时候看着自己如仓库一样的家，会特别烦躁，大脑也像被塞满东西，无法思考，思维无法流动。

一个美好的家，应该像山水国画那样，要学会留白，才能显出艺术美感。

所以，我们要学会克制欲望，不买不需要的东西。处理掉堆放在家里没用的东西。舍弃对物质的迷恋，让自己处于宽敞舒适、自由自在的空间。

余秋雨在《欧洲之旅》中说：人的生命是由时间和空间组成的，再怎么长，也就百余岁吧，但空间就不一样，伸缩的范围可以非常悬殊，因为生命质量的悬殊，很大程度上与空间有关。

深以为然，舒服的空间，能滋养出幸福感。中国的风水也讲究磁场，好的空间环境，就是有好的磁场。

而好的空间环境需要空气的流动，清减物品给空间留白就特别重要。

定期清理旧物、扔掉不必要物品，从"买买买"的模式中撤退，只留下自己认为珍贵有用的东西，你会更加珍惜当下的拥有，用生活家的心态过好每一天。

极致又愉悦的人生，需要有断舍离的精神，不为多余、过去、无用的物、事、人而烦恼，不在无用的事情上浪费时间和精力，从自己独特的"必要、合适、愉快"来决定取舍生活所需。

不要让物质成为我们精神上的负担，尝试在精简的生活里找回自己。

03　有趣的人生，就是做"无用"的事

自从开始了运营微信公众号，这些年来，我做很多事都不知不觉地带着功利心。

为了去找素材，我囫囵吞枣式地啃完一本书，没心思细细品味字里行间的艺术和深意；为了追一部剧的热点，我任务式地看剧，演员的细微表情、服装的设计、演技的层次感，我没有时间去品味，走马观花地看完剧情，觉得就可以给自己一个交代了。

我的人生兴趣就是看书、追剧，但自从我以功利的角度去做这些事时，这两大爱好突然间变得有点无趣，而且让我

觉得很有压力。

我的自我觉醒，居然始于给儿子买的一本书——《帕祖卡下了一个蛋》，故事虽然简单，但给了我很多反思。

故事的主人公是一只母鸡叫帕祖卡，尽管其他母鸡都在不停地下蛋，但是帕祖卡一个也没有下出来，只知道看花赏月，欣赏美的事物。

在同伴眼里，帕祖卡尽做些无用之事。终于有一天，当别的鸡下了一篮又一篮的蛋，大声嘲笑帕祖卡不会下蛋时，帕祖卡下了一个无与伦比的彩蛋，上面全是帕祖卡看到的美景。

帕祖卡看似每天都在做无用之事，看美丽的花朵、蓝蓝的天空，但因为这些美丽的事物，让它的生命变得比其他一天到晚只会生蛋的母鸡更有趣。帕祖卡因为懂得欣赏无用之美，它的生命更有光彩，最后生下的鸡蛋才独一无二地美好。

我们的人生何尝不也是这样，懂得欣赏美的事物和做无用之事的人生，才会更有趣。生命厚积薄发的能量，也许就在你之前所做的无用之事里。

很多当下看似无用的认知、发呆的思考、别人眼里不值钱的玩意，也许无益于当下，无助于技能，却能潜移默化地影响你的认知和精神涵养。

演技精湛的陈道明在一次采访里说，他在工作之外只做些无用之事，比如读书、练字、弹琴、下棋，为女儿做衣服，为妻子裁皮包。别人跟他说做这些事远不如一场饭局来得更有用，但在陈道明心里，做这些自己感兴趣的无用之事，会让自己保持自我、本我、真我，让自己对生活有颗敏感的赤子之心，活得更有意思。

很多活得有滋有味的人，工作之外都有一些无用的爱好。

主持《圆桌派》的窦文涛是一个有趣的人，谈话之间能让人感到他的大脑有一个巨大的知识库。他在《人物》杂志里说，他在生活里很喜欢研究一些无用之物，比如观赏一些历史文物，研究其背后的故事。正是因为对一些无用之物有研究精神，他不知不觉储存了不少别人不知道的有趣知识，从而在主持说话时，可以信手拈来。

一个人的学识和涵养，很多时候是靠在对一些无用之物的爱好里堆积出来的。因为不带着功利主义，你全凭自发的内驱力在琢磨和感受，更容易发现一些别人发现不了的美。

特别喜欢康永哥说的那句话：你过得不好，是因为活得太"有用"。

蔡康永说从小到大，他父亲从来没问过他："这有什么用？"因为他从小就看着父母做很多"一点用也没有"的事情。父亲买回家里一件又一件动不动就被摔碎的瓷器水晶；母亲叫裁缝来家里量制一件又一件繁复的旗袍；一桌又一桌吃完就没有的大菜；一圈又一圈堆倒又砌好的麻将……从来没有一个人会问："这有什么用？"

因为他从小习惯做一件事不问有没有用，所以他会更加知道如何按照自己的内心、爱好来活出自己。

人生，并不是拿来用的。

以前有位同事，他无论做什么，动机都很明确。他家里的碗碟都是不锈钢做的，虽然不美观，但是很实用；他的手机也是老式的，因为老式手机既实用也不浪费流量；他看的书也很实用，家里的读物基本是单位发的考试资料、上级单位下发的文件等；每次单位组织考试，他都是拿最高分，但是跟他聊过天的人，都觉得他的视野很狭窄，聊一些跨界的话题时，他完全插不上话。他到现在40岁了仍然是单身，据说跟他约会过的女孩，都忍受不了他在生活里的无趣和枯燥。

叔本华说，人类幸福的两大死敌是痛苦和无聊。无论做什么都带着很强的目的性，不会享受无用之物的乐趣的人，人生有点无聊。

我们的人生，需要浪费些时间做一些无用之事，可以愉悦我们的身心，发现生活的许多美好。

注重身体健康的你，天天吃维生素丸维持营养均衡，但有时候也可以享受一顿没有营养的美食。把减肥养生补脑补肾的食谱先放在一边，让你的胃不是为有用而吃，而只是为了好吃而吃，这样的作用是治愈你每天劳累而疲惫的心。

身为工作狂并且压力山大的你，不必每天像上班一样，对老板或下属尽说些有用、有建设性的话，你可以用一天时间去说些废话，找个可靠的朋友唠叨或对着大海嚎叫，这样也挺解压的。

身为学生的你,不必天天读考试的书,读一点看似无用的哲学,比如像《苏菲的世界》这样的通俗哲学书,能为你以后的人生想通很多问题。

令人快乐、让心灵得到解脱的事,很多时候都是些无用的事,学会寻找无用的事,才能找到一个有趣的、充实的人生。

04　用懒装成的"无力感",正在拖垮你

周末与小师妹相约吃饭,她说:"不知道为什么,每天都觉得很累,一上班就觉得腿软、眼眶疼、脑壳痛,焦虑感满屏,明明想好好努力,但又显得特别无力。"

我问她是不是经常加班,没休息好。她说没有,周末两天都在家休息,但是休息质量差。其实她不是休息质量差,而是根本没休息。她说自己周末常熬夜看剧,第二天瘫在沙发上刷微博看热搜,累了就点外卖,吃完继续低头玩手机。

在一次香港书展讲座《在无尽的困境中活着与写作》里,蒋方舟讲到,造成年轻人的无力感,有时候仅仅是因为懒,

懒得行动、懒得取舍、懒得思考、懒得判断。

就像我那位小师妹，她想努力又显得那么无力，难道不是因为她在生活上偷懒太多吗？如果她周末不熬夜，好好运动、好好吃饭、好好放松休息，她的精力值便会满格，上班的精神更抖擞。

精进自己的理由只有一个，偷懒的理由却有 100 个。我们想努力，但又因为种种原因在逃避，宁愿用 100 个理由证明自己懒，却从不用一个理由证明自己的自律。

歼灭无力感，先做精力管理

刚入职的新同事，工作没一个月，就因为生病入院了，本来想把重要项目交给他负责的领导，不得不把大任转交给别人。同事工作认真、做事靠谱，尽管身体孱弱，他也不愿意运动。于是随着工作压力不断增大，身体不胜负荷，最终病倒了。

谁占领到了精力的高地，谁就拥有变强大的筹码。

看过一篇人物传记，说到张艺谋的精力非凡，他每天下午 2 点左右开始连续工作十几个小时，连续的事宜、连续的会议、连续的压力，无需任何的短暂休息。

每次开会的时间从几小时到十几小时不等,其他的人都疲惫不堪,巩俐也累到要披着军大衣在角落睡一会。但流水的剧组人员,铁打的张艺谋,他身上的一格精力电量都可以用 10 小时,而别人的一格精力电量两小时就用完了。

张艺谋导演事业的成功,可以说是用他饱满的精力做支持的。

拥有好精力的人,便拥有了了不起的才华,所以我们要从各个纬度优化自己的精力。

米歇尔的《成为》里说,奥巴马公务再忙,在回家前也会争取到健身房快速锻炼,米歇尔本人也会每天早上 5 点起床,然后运动一小时再去上班。

跑步带来的喜悦可以稀释焦虑,穿上跑鞋、戴上耳机那一刻,把糟心的新闻、烦心的公务事、讨厌的同事、孩子的吵闹声挡在门外。随着激情澎湃的音乐响起,肉身和灵魂瞬间进入真空,之后精力被注入,精神面貌焕然一新。

切换思维,能优化精力。

工作强人苏芒说自己大脑里有很多个抽屉,她善于把不同的事放在不同的抽屉里,当你拉开这个抽屉之前,就把别的抽屉先关上。她在家里时,就关上工作的抽屉,在工作时就不去想孩子的事，这样她的精力能高度聚焦，让自己做事更高效，减少思想上的疲惫感。

我们作为普通人，上班时专心工作，回家就好好休息。**做事与休息之间有边界感，能够自由切换二者的人，精力会用之不尽，绵绵无绝期。**

用秩序感打败无力感

失控会造成无力感。

在我看来，抗衡失控，要先建立秩序感。建立秩序感，较简易的做法是做好每一天的时间安排，每个时间点具体要做什么。

看过一则新闻，杭州小伙定制考研的时间表，每天的时间利用精确到分钟，连上厕所的5分钟也计算在内。他说精确到每分钟的学习让他有节奏感地去努力，进行高效的学习。后来他被保送到了不错的大学读研究生。

我在家写作、带娃的日子里，也是靠着把控每个时间节点来建立秩序感的：

早上5点半起床看一会书，写半篇稿；孩子起床，给他洗屁股、换尿片、喂奶；待孩子玩累睡觉后，我处理公事；

午后带孩子散步，晚上孩子入睡后，我便有空全身心阅读。

买一个漂亮的笔记本，把一天的事项写进去；做一个每日清单，每完成一件事就打一个钩。每打一个钩，心里踏实感又进一步，无力感又少了一点。

张爱玲说她的人生，就像看完早场电影出来，有空荡荡的一日在等待。

可是，当你具体地去做一件件事时，你就是在战胜空荡荡的虚无感。

做力所能及的小事，成为更好的你

武志红在《圆桌派》里说，有年轻人问他怎么摆脱父母的极权统治，他的方法是先从独立做一些小决定开始，比如吃饭这件小事，父母要你吃两碗饭，你自己去盛一碗，再多也不吃。

在小事上"起义"成功，以后在大事上，父母就慢慢让你独立了。同理，有时在宏大的事情上，我们不知道如何下手，觉得特别无力，不妨先从力所能及的事情上做起。

蔡康永也分享过怎么实现人生目标的经验，那就是去做无限接近大目标的可落地的事。比如你想成为一个出色的主持人，你可以去争取在学校活动或者公司会议做主持，或者接一些婚庆活动的主持工作，不断推进大目标的进程。

不去空想宏大的事，做力所能及的事，会让你变得更实干。

学会解决问题，让你更有力量

六六讲过这样的故事，有网友致电她的经纪人，说希望为她所在的公司工作。经纪人说："请翻阅六六的微博，里面有具体招聘岗位和信息。"网友说："找起来太麻烦，能发我吗？"

之后他又想添加六六的微信号，经纪人答搜索公众号即可。对方又说："我不会搜，你能……"

那个年轻人，有工作的意愿，但又没有解决问题的执行能力。我见过很多这样的人，他们想做事但又无力。

朋友说，他亲戚的孩子大学毕业要找工作，想要他辅导做简历。亲戚的孩子像个饭来张口的孩子，让朋友帮她选好模板、梳理文字、美化版面，这个过程中看不到她主动摸索的能力。

进入社会后，一个人无论学习成绩多好，都不如自己有独立思考、独立做事的能力重要。遇到事情，先不要问别人怎么办，要先学会问自己该怎么做。有解决问题能力的人，就是有讨饭能力的人，这个世界就难不倒你，也拦不住你。

不要让自己成为想要努力又特别无力的人。有些事情，如果不想做，你会找一个借口，如果想做，你会找一个方法。

也许你最近真的很累，有那种看不见的身体上和精神上的疲惫感。那就让自己先休憩片刻再上路吧，但千万别用懒惰而造成的无力逃避努力。很多时候一个人的无力感还没轮到上帝掌控，自己就先切断咽喉。

真正努力的人，早就用自律抵抗无力，用行动消除焦虑。

有时候，我们需要把无力感化作一股正能量，当你被无力感刺痛时，就是你需要改变，告别舒适区，改进自己的时候。

特别无力的时候，就需要自己更努力地去挣扎。做好精力管理，建立秩序感，认真对待每件小事，提升解决问题的思维和方法，重建自己对生活和工作的力量。

我们不要沉沦无力的忐忑里，就像刘瑜说的，年纪不小了,别一头扎进那美丽的忧伤,一边拼命喊救命……

  抱怨掉进焦虑、无力的黑暗里,不如提灯前行,一步一个脚印地做事。

05　单身的时候，该怎么过才是高质量的生活？

《2019年白领生活状况调研报告》通过对11024名职场人士问卷调查发现，白领婚恋状况中"未婚且单身"占比最高，达40.18%。《2018年民政事业发展统计公布》显示，目前中国有超过2亿单身成年人，超过7700万独居成年人。

在微博上拥护单身主义的网友还不少，认为单身意味着自由、随性，我的生活我做主。

人一旦结了婚就要面对更多柴米油盐的生活琐事，处理亲戚朋友的伦理关系，还要迁就另一半的生活习惯；有了孩子，更加难以抽身去做自己想做的事。

我现在回头看自己的人生，单身时光真的是我人生里最自由、最任性、最没心没肺、最多时间读书学习的人生阶段了。

脱不花说，单身时最值得花时间去做的投资是一切长本事能耐的技能：学习，进修，放纵好奇心。因为在有伴侣以后很难再有大块的时间可以自由支配了。深以为然，单身时光是做自我投资的最好时光。

单身也许在某些人的眼里是孤独的、寂寞的，但是在我眼里，单身可能会孤独但一点都不寂寞，因为一个人也可以做出很多自娱自乐的趣事。

很多人在单身独居的时候，喜欢过一种很便捷化的慵懒生活。他们不喜欢做饭，回到家就躺在沙发上打开App开始点外卖；吃饭的时候也不专心，一边吃一边看视频，从没有好好感受过食物的温暖以及在舌尖上的味道。一日三餐对他们来说只是机械的吞咽动作而已。

在我看来，高质量的单身生活首先要好好吃饭，好好感受食物的原味，这是放慢生活节奏、消除工作焦虑的良方。

我一个人生活的时候,每天下班会去菜市场买煮饭、煲汤的材料,看着绿油油的当季蔬菜,闻着香甜芬芳的水果味,疲惫的身躯突然变得生猛。晚餐常常是一菜一汤,莲藕排骨汤补血、节瓜瑶柱汤下火、冬瓜瘦肉汤排毒,我从周一到周五都认认真真地为自己炖养生靓汤,就算有再累的工作,我一回到家也元气满满。

一个人孤孤单单,更要把日子过得风风火火。木心说,最好的生活状态是冷冷清清的风风火火。

我觉得一个人单身的状态也可以做到这样,冷冷清清地一个人生活,远离喧闹,但风风火火地保持对生活的热爱。还没有爱人,就先学会好好爱自己,给自己炖温暖的汤,煮好吃的饭菜。

单身的时候,在自己统治的空间里,最适合做自己喜欢的事情、阅读、健身、增长知识。

我一个好朋友在单身的时候很会过日子,我去到她家的时候,觉得自己进入了一个五星级的家。

客厅放着一个很大的书柜,整齐地放满各种历史、哲学、小说、有趣杂志等书籍，在她家里待一天，绝不会感到无聊，随时都可以读到有趣的故事。书桌上的玻璃水晶花瓶插满百合，热烈的香味让一室一厅的房子充满知性的女人味；桌子旁边铺着瑜伽垫，写作累了就在上面做50分钟的运动；家里收藏了很多好看的电影，她置办了一个规格不低的电影投影机，把窗帘拉黑，家里就成了迷你的电影院，戴上她买的3D眼镜，还真以为自己在万达影城看电影呢。

她是我认识的朋友里很会生活的单身女郎。她的独居空间里，一眼望去全部都是自己欢喜的事物。我们本来在勾心斗角的职场里打拼已经很累，如果回到家还不能做自己喜欢的事，生活该有多苦？

如果要回答一个人单身的时候，该怎么过才是高质量的生活，我想起了张爱玲的姑姑张茂渊。张茂渊78岁结婚，在此之前她过了几十年的单身独居生活。

在张爱玲的笔下，姑姑清高有智慧，有自己的职业，能自食其力，生活虽然有点寂寞，但却很精致。

她开始在英国一家商行做会计，每天身着笔挺西装，脚蹬高跟皮鞋，夹着公文皮包，出入银行大厅、期货市场，精致体面地挣着高薪。她转行到一家德国公司做播音员，每天工作半小时，月薪好几万。张茂渊曾得意地对张爱玲说："姑姑每天说没意思的话就能每月挣好几万的薪水，你每天说着没意思的话却一分钱也挣不到。"

她后来还凭着一口熟练的英语，跳槽到当时上海很有名的大光明戏院做翻译，当电影院放映外国电影时，她就实时将电影中角色说的话翻译成汉语。总经理激赏她的才华，聘她为机要秘书。

那个时代的旧式女子，人生最大的希望就是早早觅得如意郎君，当时的人觉得女人无才便是德，但是年轻的张茂渊和平常女子不一般见识。她的独立意识很强，从小饱读诗书，积极学习新学，争取出国留学机会，精通中、英文，在国外开阔视野，见识广博。

这些条件，让她即使在单身、无人依靠时，也能靠自己的双手和知识吃饭，单身也能过上高品质生活。

脱不花说，单身且愉快，一个重要的前提是有较高的收入且未来可期。

没有钱的单身生活，只有一筹莫展的无助和苦闷以及对未来的恐惧。所以，做个有底气过好日子的单身女孩，就要像没有后盾一样，好好工作，好好赚钱，好好学习。

我们不要做一个无所事事、在虚无中浪费光阴的单身女孩，吃小龙虾、看视频就很开心，聊聊八卦就一天很惬意，但是你白白放弃了可以自由学习、精进自己的大好单身时光。

不要做一个颓废的单身青年，而是做一个自律的单身贵族：每天早睡早起，为自己做健康的一日三餐；坚持阅读的习惯，刷新知识库；找个喜欢的运动，没事练一练，运动让你变得更好看。

不要做一个宅在家里的"废柴"，而是做一个多见世面的青年才俊：积极参加有意思的社交活动，认识陌生人，多交朋友；为自己储备旅游机会，定期去远方见众生、见天地、见自己。

一个人活成一支队伍，单身的时候，你就是你的全部，你就是你的靠山。全力以赴做好自己，精进自己，以后遇到另一个人的时候，才更有底气，才能更好地过日子。

06　还不卸载"学生气"？简直太耽误变美变有钱了

职场进步最快者，思维不"学生气"

大学毕业的表妹把刚做好的简历发给我过目，让我提修改建议。我扫了一眼，发现太"学生气"了：

不知如何突出亮点。长篇大论地堆积学校事宜，无含金量的社团活动、无意义的派传单兼职经验也占了一席之地，这不仅没为自己加分，还模糊了 HR 的视线，贬低了自身价值。

没有用招聘官视觉来思考问题。表妹应聘的职位是海外销售，应该突出英语能力和沟通能力，其他无关的枝节能删则删。

学校期望我们是全面好学生，但职场钟情的是专才。

表妹的简历内容，也暴露了不少职场新人的共同问题——用学生思维拼职场。

在职场里进步最快的人，是最快卸载学生思维者。想成为更有职场素养的人，请打破以下思维定式：

1. **只想竞争，不想合作**

以为职场还像学校，关注的是个人成绩，做好本职就是称职，十分吝啬与人分享工作方法，担心别人超过自己；部门有工作需要协作支持，他们又满腹抱怨，觉得团队的事不关自己的事。在职场中要先学会合作，而不是单打独斗。

2. **不助人者不自助**

初入职场的人，以为自己还活在象牙塔里，每天等着做大事。其实帮前辈复印、买咖啡、拿资料也是历练的一部分，从小事做起，积累人缘，才能送自己上青云。

3. **不分时间提问**

把职场当学校的人，习惯不分时间地提问，以为不耻多问就是美德。但职场需要的是经过思考的提问。做好问题总结，在合适的时间请教，切忌零零碎碎地提问。

职场会自动过滤掉有学生气的人。拆掉"学生思维"的墙,通往职场的路就通畅些。

高情商职场人,说话不"学生气"

在我还是职场新人时,说话太"学生气"是我进阶职场的黑洞。某次在电梯遇见同事,她刚做了头发,问我好不好看。我不假思索地回答:"发质看起来有点硬,远看会有点像假发。"几年后我都忘不了当时同事调整情绪后的尴尬假笑。电梯事件发生半个月后,那位同事负责的项目需要些新人加入,选了几个业务能力比我差的新人。负责带我的师傅后来对我说,那位同事觉得我情商低,有得罪客户的风险。

学校教我们要做个诚实的孩子,让当时的我以为说话直率就是真性情,其实不假思索、没有同理心的真实表达很伤人。有位前辈曾提点我,**在职场里假话不能说,但真话不一定要讲**。有时候说话拐一点弯,会更加体现修养,只要你的出发点是善意的,不直接说出真话又何妨。

如果时光可以倒流,同事问我头发好不好看,我会说:"挺清新的,但稍微做点柔顺,染个颜色,会更完美。"

隔壁办公桌的大姐要介绍对象给我，我不会直接拒绝，而是礼貌地回答："我最近工作太忙了，心思都在工作上呢。"

有"学生气"的人特别实诚，习惯心里想什么，嘴里就说什么。成熟的职场人则是说话不明说，但其实谁都清楚其中的潜台词。给彼此一个撤退的台阶，是一个职场人说话的**自我修养**。

靠谱的人，做事不"学生气"

有读者问："怎样才能让上司觉得自己做事靠谱，给他一个好的印象呢？"我建议刚毕业一年的他，尽快清空"学生气"的做事方式。

1. 做事不主动，不会发光

刚毕业的人，还保留着学校那套运作模式，等着"老师"授课、布置作业。以为静静坐在那，就有人告诉你该怎么做。可是在职场里，领导很忙，你不主动争取机会、承担任务，他想重用你也找不到理由。

2. 有事不回复，令人心寒

有事不回复的人，给人做事有头无尾、不会尊重人之感。发邮件，从不回"收到，谢谢"；微信留言，连"嗯嗯，好的"

也懒得说，这些做法容易令人心寒。

3. 想说不敢说，无人关注

做事学生气的人通常有点害羞，不敢提问、不敢表达。开会时，他们是最默默无闻的员工，对什么都没意见。对发言闻风丧胆，以为不提出观点就很安全，不会被质疑。但不展现自己，就没法放大自己，进阶之路难于上青天。

你的做事方式，是你在公司行走的个人品牌。你是个什么人，不是说出来的，而是做出来的。

会穿衣的人，形象不"学生气"

如果在职场里有人对你的评价是很"学生气"，这不是赞扬你有少女感、有活力，而是暗示你的形象不专业，看起来不成熟。

隔壁部门的姑娘很追求舒适感，穿衣搭配随意，黑色西裤衬白色运动鞋、上身运动衫、下身牛仔裤是她的日常风格。虽然这姑娘做事麻利认真，但上司从不带她去见大客户。

很多年前的一次岗前培训，给我们讲形象课的老师说：要塑造专业形象，好看的衬衫和手表必不可少，衣领要尽量挺些，不能松松垮垮；裁剪干净利落，袖口、下摆自然贴合，避开容易缩水的面料；手表要选择简约务实的品牌，切忌古灵精怪、非主流的款式。

现在的我，仍不忘老师指点，小心翼翼地经营自己的职场形象。我买了不少棉麻质地的白衬衫，无论搭配长裤或套裙都有种大方干净的职场感，简约又得体。白衬衫配手表，有种亦舒女郎上身的即视感，优雅知性又时尚。

你的形象相当于公司名片，没有穿衣情商的职场人，很难让人信服其确有能力。**形象"学生气"的人，有的表现为穿着随意，有的则表现为用力过猛。**

作家李筱懿说自己初入职场，领导要带她去见重要客户，叮嘱她穿得好一点。她提前半个月开始准备"战袍"，花两个月工资买了当时很知名的全套女装，借用了妈妈的包包和手表，最后还调用了外婆留给妈妈的翡翠苹果形吊坠，简直气场全开，只是老气得像小丸子的妈妈。那天，老板对她隆重的衣着很不满意，客户也惊呆了。

穿得昂贵不如穿得得体。在职场，穿着简单大方就很好，不追求名牌、着装符合身份职位才是高情商的穿搭。

07 你的"伪佛系",正在毁了你

之前日本民间智库发表了一份调研结果,说日本上班族的成功欲在亚太地区最低。智库表示,日本经济增长缓慢,上班族就算工作再努力,在企业里也很难获得加薪和影响力,因此很多日本人渐渐缺乏学习和提升能力的意识。

有专家分析说,可能因为日本中产阶级多,社会福利优越,生活处于很稳定的状态,心也趋于安逸,例行公事地上班、下班,好像没有特别大的野心和欲望作为内驱力去拼搏。

"佛系"是日本原创的词,在国内走红后,很多人也自嘲是佛系青年。网上有些佛系青年这样说自己:

无论工作还是生活态度都特别无欲无求，活着好像也很无聊，想死又怕疼；

自己的成功欲已经低到打游戏都不想赢了；

想提升自己，又觉得好累，每天只想喝奶茶……

有个"95后"的朋友跟我说："有太多野心会很累，不如做个岁月静好的佛系青年。"

因为怕累而选择岁月静好的佛系活法，难道不是逃避现实的下策吗？

真正佛系的人是怎样的？

民国时期的李叔同，也就是后来的弘一法师，才华横溢，他经历过人生的磨难、品尝过生活的百味，也享受过人生的富贵。最后因为看破红尘，放下妻儿立地成佛，活得超凡脱俗。

在我看来，像李叔同那样的人，在世间受过试炼，看清自己，活出纯粹，才是真佛系。

很多因为怕吃苦而称自己是佛系的人，并非是真的"佛系"，不过是"伪佛系"罢了。

"伪佛系"在我眼里是这样的：他们年纪轻轻，人生经历有限,心理素质脆弱,畏惧成事过程中的艰难,不想面对失败造成的痛苦,转而给自己立下了无欲无求的人设。其实,这不过是为自己的失败找理由。

这让我想起动画导演押井守在他的书《我每天只工作3小时》里写的一句话:"没什么比失败更舒服的了。"

因为逃避现实而不敢行动,不甘心做失败的人,但又无力进取,只做舒服的事,于是用低欲望来麻痹自己。如果你是这样的人,要警惕自己是不是"伪佛系"。

心理学家 M. 斯科特·派克在《少有人走的路》里说,完整的人生必须要伴随痛苦,生命的本质就是不断改变、成长和衰落的过程。

完善自己,就要拓展自我的边界,这个过程中一定会有痛感。除非你不想完善自己,只想在舒适区里做个"伪佛系"青年,日复一日沦为温水青蛙。

王姐快 50 岁了,曾经是一名护士,在上个世纪 80 年代初能考上卫校是件很不容易的事,这意味着能在医院分配到入编工作。王姐家在边远的山区,家里很穷,家人都劝她女孩子随便找份工作,嫁个老实人就行。

但她很有志气,觉得读书能改变命运,初中时以班上第一名成绩考上中专性质的卫校，毕业后分配到省会大医院做护士，和当医生的老公结婚。

生完儿子后，依然没放弃过学习，晚上哄儿子入睡后，她挑灯夜战，学习专业知识，婆婆劝她说，没必要那么累，安安稳稳做个护士，料理好儿子家务事就好。

可她偏偏有颗上进的心，后来考了大专，接着读上本科。因为她在护士里学历最高，很快升了护士长，后来还成功转岗进入了其他部门的管理层。

对于王姐来说，其实有很多机会得过且过，别人劝她不要读太多书，嫁个好人享福就行，而她选择发奋读书；婆婆劝她安分做个护士就行，她却有更高理想。

最近关于王姐的消息是，她为了去美国看望在硅谷工作的儿子，不仅在苦练英语，还上网查资料，已经规划好当地的旅游路线了，相当用心。

那些喜欢拓宽自己边界、完善自我的人，是自尊自爱自强的。优秀的人，都会选择走不那么容易走的路，因为难走的路才是上坡路。

也许做个"伪佛系"青年，安于现状，什么都无所谓，升职加薪随缘，处处不坚持，事事随大流，这样得过且过，日子好像也很舒爽。

但日复一日,这样很容易迷失自己,终有一天,你会连自己都看不起自己。

诚然,很多时候,我们要用尽全力才能成长为独立自信的大人。所谓"佛系",不过是用来掩饰自己的懦弱感:不在职场里争取机会,说自己成功欲望低;不参加任何有意义的竞赛,说拿了奖也没意思;对工作外的学习培训不感冒,觉得学了也不会得到晋升。

"伪佛系"的人,有很多借口说服自己不主动跳出舒适圈,但不主动意味着拒绝成长。

之前看过一个案例,说一个做纸媒的前辈特别"佛系",当年拿着两万多的工资,生活滋润,没想过纸媒也会有地震的时刻。

2016年,很多同行感知到行业的末日纷纷跳槽,有的做电商,有的做公众号,而他优哉游哉,觉得这么大的公司不会有风险,做到退休也可以。没想到不过两年,他的工资跌到四五千,后来还被下岗了,一时之间方寸大乱。

人生处处是风险,"伪佛系"的人风险系数更高,内心自以为岁月静好,其实外面早已分崩离析。只有居安思危,保持危机意识,不"伪佛系"的人,才有机会金蝉脱壳、劫后余生。

别以为不跳出舒适区就是安全的,人生唯一的安全感,是来自于充分体验人生后的不安全感。人生没有绝对的安全,与其在舒适区里被淘汰,不如在不安里找出路。

如果一个人在衣食住行的生活细节里活得佛系,也是一种简约生活方式。

很多成功人士如乔布斯、比尔·盖茨、扎克伯格、马云、任正非在生活里都挺佛系,乔布斯一件衣服穿13年,扎克伯格同款T恤买10件,任正非坐高铁二等座。

他们对物质的欲望低,但很在乎自我的成长。乔布斯追求产品的完美;马云每天只睡四五个小时,其他时间用来工作;任正非的格局很大,对自己和员工都极严格。

厉害的人也许生活方式佛系,但做事绝不佛系,他们高瞻远瞩、野心勃勃、自律拼搏。

也许我们没有大人物的野心和远大理想,但我们需要有主动成长的心态。最怕还没见过世面、没有为理想奋斗过,没有被社会磨练过,就说自己很佛系,看穿人性、看淡人生,其实不过是在逃避人生。

之前看过网上有人说,中国还在发展,阶层固化必然是趋势而且在加速,我们这些韭菜被打压,就要认命。

悲观来说,世界就是如此,人类社会的进步逃不开优胜劣汰,狭路相逢强者胜。但我们的人生从来不是为了和强者比较,而是跟过去的自己比较,打倒昨日的我比打倒任何人都更光荣。

毛姆在《月亮与六便士》里说:"我用尽了全力,过着平凡的一生。"对于大多数人来说,要使出浑身解数,才能托住自己不往下掉。

而资质平平的我们,又有什么资格以佛系为借口,什么都不做,麻木地坐以待毙呢?

生活有进退，输什么也不能输心情

Part 3

01　有个舒心的朋友圈，是最好的养生

看综艺节目《我家那闺女》，有两个场景让我印象深刻。

吴昕到陆虎家做客，陆虎弹吉他清唱《雪落下的声音》，吴昕像在自己家一样盘着腿，跟着节拍唱，虽然唱得有点走调，但那份自在的愉悦感让屏幕前的我看得很舒服。

可是，当镜头转到傅园慧家的聚餐情景时，就让人尴尬了。傅园慧一家等了亲戚们两个多小时，傅园慧饿到头昏脑涨，当场发飙。吃饭时，傅园慧和亲戚们互不熟悉，一开始还能尬聊，接着便彼此无言以对，傅园慧吃到一半时还到外面呼吸新鲜空气。

很多人说傅园慧情商低,在这里我很想为她辩解。

和不舒服的人吃饭,真的很容易让人翻白眼,那种假装微笑的样子连自己都看不下去。

比如上次和一个亲戚出去吃饭时,在饭前他让我帮他拍照,其实拍一两张没有什么问题,但是他要摆出无数个动作,要我像他的私人摄影师一样尾随跟拍,甚至拍到他手机自动提示低电量。上菜之后,他还要各种摆拍,等到菜凉了,其他人都还没动筷。

跟这样的人相处,肾上腺素会飙升,心跳加速,脾气再好也有想离席的冲动。

在知乎上有个网友留言说,以前部门明争暗斗,很多同事人前人后两个样,上班心情不好,在压抑下得了乳腺增生。后来换了工作,气氛和谐,连乳腺增生也不知不觉消失了。

所以,无论会友还是工作,能和舒服的人在一起,为自己打造一个舒心的朋友圈,是最好的养生。

舒服的人,是生活方式有共振的人

黄磊在一个节目中说,他家在 2008 年搬到了京郊,10 号街区的邻居善良且热爱生活。

他们男人约在一起品酒，几个家庭的孩子读同一个学校，大家结伴到外地旅行。

几家人常常夜不闭户，凑在一起玩赌注5块钱的扑克牌，每逢过节，每家每户贡献自己的拿手菜，请朋友吃街宴。

黄磊在郊区的日子充满人情味和烟火气，每天都活得心花怒放，那些有趣好玩、有情有义的邻居也要分一半的军功章。

你跟什么样的人交往，就有怎样的生活指数。

黄磊在采访里说，中年后自己的快乐和满足来自于这些邻里的情分，比起拍戏、导戏，现在更享受这些小日子的温情。

你身边的人，决定了你心情的打开方式。

在《干校六记》里，杨绛先生也写过，自己下放到农村建造厕所，刚用秫秸编好的帘子，第二天就不知去向，积的粪肥也被人顺手牵羊，令人哭笑不得。

村上春树说，不是所有的鱼，都生活在同一片海洋。有些人的素质和三观好像依然活在野蛮部落。

在大学里我也遇到过这样的人，未曾过问就用你的沐浴露、洗发水，不主动打扫卫生，三更半夜不睡觉，开着台灯扫射你的眼睛。

跟生活方式不合的人相处，感觉在熬日子，要涂点清凉油才能给烦躁的心情降温。

后来我换了宿舍，遇见了生活方式更有共振的舍友，我们都是早睡早起的人，都喜欢看电影、综艺，生活方式一致，这让我的生活每天都如沐春风。

《遇见未知的自己》里说，和自己振动频率相同的人在一起，才会身心愉悦。我深深地认同，让你舒服、自在的人，你们的生活方式是条交叉线而不是平行线。

舒服的人，是对你真心的人

张爱玲给邝文美的一封信里，这样点评这位好友：你至少不喜欢做违心之论，这一点是可贵的。

张爱玲在邝文美面前像个快乐的小孩，因为邝文美身上有种真诚舒服的特质。

张爱玲很多新文章，还没出版，就发给这位好友询问建议，而每一次，邝文美都认真阅读，真诚反馈。

某次浏览微博看到博主"一罐寡言"写的一句话很有感触："人与人交往，最厉害的技巧原来是真心。"

真心也会让两个女人之间的关系更加亲密，没有猜疑，这是一种很舒服的友谊状态。

在畅销书《我是个妈妈,我需要铂金包》里,女主因为流产而心情沮丧,她本来以为曼哈顿上东区的富婆们只会肤浅地攀比,根本不会关心她的情绪。

可出乎意料的是,这些骄傲的妈妈们一个接一个安慰她,很真诚地坦露自己也曾经流产过的经历。还有个平日有点冷漠的妈妈说,她在怀孕 19 周时流产,差点死于失血过多。

当彼此都坦承自己曾遇到过类似的难熬时光,而不是呈现出永远的完美人设时,这种友情才有血有肉。

真心是友谊的通行证,即使最难过的至暗时刻,感受到真心实意的关心,也会让你内心舒坦很多,连胺多酚也分泌更多。

舒服的人,是使你成长的人

蔡康永在《恕我直言》里回答如何管理朋友圈的问题,他说人的心力是有限的,你只能够确认你在乎的那些人,把心力留给他们,剩下那些人就顺其自然。

在我看来,优质的朋友圈法则是:不仅要尽量把时间留给那些在乎的人,还有那些让你进步成长的人。

时尚女魔头安娜·温图尔，据说她只会对自己看得上的人微笑，难怪每次她坐在大神老佛爷隔壁都笑容灿烂。

也许有人觉得她势利眼，但我觉得是因为他们能互相促进成长，彼此是打开时尚敏感度的好搭档，双方的气场都能让彼此感到舒服。

正如迪奥品牌的现任总裁对老佛爷的评价："他对我而言绝不仅是工作伙伴，他融入了我的生活，我可以和他聊天聊好几个小时，聊任何话题，他总能有他见多识广的论点，引人思考。"

大概安娜·温图尔的感受跟他是一样的，能让自己长见识的朋友，是令人很想靠近的舒服友谊。

多与能让自己感到舒服的人在一起，能量才能天天满格。

怎样才能实现这种生活方式呢？

首先，当然要让自己能力升级，才能有资格选择被哪些人包围。

老佛爷刚去世，有报道称老佛爷虽然身在名利场，但他出席晚宴时，也不爱和权贵名流凑热闹，总是和自己喜欢的朋友坐在一起。

很多时候，能力和金钱能让你有资格选择跟自己喜欢和舒服的人在一起。但想过上这种生活，首先要让自己的能力配得上遇见他们。

无论是黄磊、张爱玲，还是老佛爷，他们能选择和让自己舒服的人一起工作、生活、交友，大概是因为他们超级努力，有着过硬的专业技能，他们有足够的资本选择自己所喜欢的人和远离让自己不太舒服的人。

生活大概就是这样，所有的转角遇到爱，除了运气外，都是你努力后的升华。

海子说："你来人间一趟，你要看看太阳，和你心上的人，一起走在街上。"

我觉得，我们来人间一趟，除了看太阳、见心上人，**我们还要精进努力，让自己有足够的底气去选择舒心的人，打造优质的朋友圈。**

毕竟，被美好的人包围，再糟糕的际遇，也会苦中一点甜。

02 废掉一个姑娘,就让她一直"少女心"吧

每年 1 月的第二个星期是日本的"成年节",已满 20 周岁的年轻人在这时都会穿上漂亮的传统和服或西装,举行成人礼仪式,以庆祝成年。

家人和政府也会给他们送祝福,希望他们能在仪式感里,真正意识到自己长大成人,无论日后遇到什么困难,都能勇往直前,以成人的标准要求自己。

成年,意味着你看世界的角度以及世界对待你的方式都晋级了。可这就证明你真正成年了吗?

近日无意中听到一个电台节目的标题很亮眼,叫《活到

40岁，我终于成年了》。

女主说自己40岁那一年，父亲得了大病，出了重症室后，记忆丢失了一大半，忘了他们之间的很多事，雪上加霜的是，某天她翻老公手机时，无意中发现她眼中的灵魂伴侣出轨了。

以前老公是她的精神支柱之一，现在他移情别恋，成了别人的支柱了。

她说，自己的精神世界突然崩塌了，父亲一直是她人生的解铃人，以前无论遇到什么困惑，只要跟他倾诉，她都会得到安慰，有父亲在，她的人生就有稳稳的幸福。

但失去记忆的父亲，现在成了个孩子，对她已经无力安慰了。

在《圆桌派》里蒋方舟说，当生活中有比你更无力的人时，那一刻你就没有资格年轻了，你必须变老。

故事里的女主也一样，一夜之间读懂了人生。

以前她有颗少女心，不需要太关注人性的复杂，一直用简单干净的眼光看待世界。

这样的少女心能让人保持年轻，但现在人到中年了，原来只有少女心是支撑不了成年跌宕起伏的人生的。

她一直以为自己有一份工作,有稳定的收入,就能够自立,是一个独立的成年人了。但在那一刻她才发现,自己不过是个脆弱的小孩,遇到人生变故时,溃不成军。

她活到40岁才真正明白,**原来真正的成年是就算没有人成为自己的支柱,自己也能成为自己的支柱。**

人到中年,除了保持一颗善良清澈的少女心外,还要生出一颗带着盔甲的心脏。

40岁了,才发现自己只有一颗未成年的少女心,会感到很无力。

有位朋友说过了30岁后,好像没有一年是过得特别舒坦的,年年都有"犯太岁"的征兆。比如前年自己的母亲进出了两次ICU,去年对象的父亲又住院。自己好像随时都要扛着枪上阵的士兵,一刻不敢懈怠。

人到中年,生活乱流密布,险象环生。

你不知道什么时候开始,自己就被迫成了家里的中流砥柱,从前父母建立起的围墙,早已日久失修,现在你不知不觉,成了他们的围墙。

虽然朋友说自己累,但我觉得她很强大,至少在我看来,她的心理素质高,能扛事,有能力解决问题,是一个有底气成为家人靠山的强人。

人到中年,父母的健康、婚姻的疲惫、教育的费心,哪一样不需要有充分的心理准备去应对?

35岁后,上有老下有小,最怕生活变故时,没有金钱和心气去应付世界的崩塌,而且越长大越明白,人生的变故真的是晴天霹雳,突如其来。

经典电视剧《红楼梦》中晴雯的扮演者安雯在事业高峰期急流勇退,安心做苏越的太太,在20多年里,他是她的磐石。她不理世事,与世无争,被他宠得连银行转账都不会,就像童话故事里的小公主。

可是又有谁能保证你一辈子活在蜜罐里?

苏越犯罪坐牢,安雯受到了极大的打击,爱人不在身边,豪宅没有了,钱也花光了,没有生活能力的她,整天在家里哭,生活陷入困顿、无助、悲伤。

还是那句老话,每件礼物都标好价格。

如果一个人从来不想让自己长大,不想让自己成熟,安心活在别人给你的保护圈里,如果老天一直眷顾你,那是你的福气,可是万一上天翻脸了,那就是你的至暗时刻。

做人不能天真地乐观，早点做个有点悲观意识的成年人，早早未雨绸缪也许是好事。

练就有随时披甲上阵的能耐，才能在世事刁难里，保持得体，在变故面前不失方寸，昂首挺胸。

试验一个人在心理上是否成年，要看他一个人时，能否把日子过得充实，有滋有味。

米歇尔·奥巴马的自传里有一段描述她在婚姻里的成长故事。

奥巴马当美国州议员时，工作超负荷，一周差不多有四天不在家，就算回家也是很晚了。米歇尔一边当职业妇女，一边寡母式育儿。

她是个很重视家庭的人，天天期盼丈夫能早点回家吃饭，点上蜡烛吃个浪漫晚餐，互相拥抱，他亲吻她的额头，说说情话。

可实际是，奥巴马常常是在她们母女睡觉了，他才回到家，一年有一半的时间都不在家，他们争吵升级，婚姻达到冰点。

后来他们寻求婚姻咨询，咨询师帮助他们走出困境，米歇尔说，她找到了自我救赎的方法。

她发现，从前自己在他身上花费太多的时间纠结：他为什么还不回家吃饭，为什么他有那么多会议要参加，为什么他可以有时间去健身而不是早点回家……

她的时间表好像一直围着他转。

后来她决定以后的时间表只围着自己转，早上4点半左右起床，5点钟到健身房和女性朋友一起健身，6点半照顾女儿起床，为她们做好一天的准备。

无论老公回不回来吃饭，她们都会在下午6点钟吃晚饭，洗澡时间定在晚上7点，接着是读书、拥抱，最后在晚上8点整熄灯睡觉。

她要先生跟上她的时间，而不是她追逐他的时间。自从她重回了规律的生活后，感觉到平静和力量。

不因为任何人而打断生活的节奏，才能找到掌控生活、掌控命运的感觉。

就像米歇尔的丈夫虽然是位名人，但在生活的细枝末节里，她却指望不上他，自己还是要独力面对很多问题，比如该怎么平衡工作和家庭的时间、女儿的教育、婚姻的琐碎，这些都要她亲自面对。

身为女人，我们既要在职场里冲锋陷阵，也要家和万事兴。哪一样不需要综合的实力？

也许我们能做到的，就像她教育女儿说的话："女孩要内心强大，**不要认为生活要等男人回家才开始，你一个人的时候，生活就已经开始了。**"

我喜欢像米歇尔一样的成熟大女主，她们从来都不会让自己活在玻璃缸里，她们思想成熟，遇到问题就解决问题，她们可以依靠伴侣，但如果依靠不了，也有独力做决策和安排自己生活的能力。

也许这样的人，才算长大了。

蔡康永说，人生最重要的不是快乐，是平静。人到中年最重要的也不是快乐，而是平静。

怎样才能拥有平静生活？首先遇事不要慌。

怎样才不慌？如果你是安雯或者是电台的40岁女主，遇到人生变故时，你就会很慌乱，但如果你是米歇尔，你就不会很慌。

归根到底，平静的力量还是源自成年的心理素质，面对世界，有独当一面的能力和精神力量。

在我看来，有成年的身体不叫成年，有成年的大脑才叫成年。

千万别在人到中年，才发现自己刚成年，心理承受能力还只是少男少女。

兵荒马乱的中年，谁都顾不了谁，还是自己顾好自己最安心。

03 不动声色地度过自我怀疑期,是成年人的脆弱和胜利

不久前,有位读者向我吐苦水,她初出茅庐,刚应聘到一家公司做财务,极想给老板留下一个好印象。但她越想做好工作,就越做不好,要么开错发票,要么忘记将发票作废。

虽然老板面慈心善没说什么,但她很是心慌,整天自我怀疑是否适合这份工作,还来问我有什么建议。

具体问题要具体分析,我没法给她很多专业知识方面的建议。但关于自我怀疑这种心理活动我有太深的体会了,或者可以分享下我的感受和应对方法。

生产时肉体很痛,但生完孩子后的精神折磨更苦,表征之一就是自我怀疑指数翻倍。

我每天会不间断地在以下几方面思想斗争激烈:

质疑身体。生完孩子的第三天,偷偷在医院称了下体重,显示自己胖了20斤,我欲哭无泪。

旧衣全部穿不下,需要重新购买新衣;去喝喜酒,面对亲戚暗示我胖了很多的目光,再好吃的美食,也没敢多吃一口;自己本是一张严肃的瓜子脸,生产后变成散发慈祥的圣诞老人脸。

我恐惧,我心慌,我甚至每天要问老公20遍:我的身材是不是垮了?

质疑智商。输入家里的大门密码,我居然要想10秒钟;快递打电话确认我家地址,我居然说不清住在哪里;以前能记住圆周率后面20位数的我,现在竟然忘了淘宝密码的6位数。

质疑能力。我以前的文章会得到很多媒体的转载,读者的反馈也很热烈。但现在每篇文章我都不是很满意,虽然写之前我也做了很多功课,花费了很多时间修改,但效果并不如前,甚至有个读者直接批评我,说我在交作业。他的尖锐刺痛了我，但我也必须承认：我还在以前的舒适圈里打转。

生产前我有自己喜欢表达的领域，生产后我对这一领域便没有什么感觉了，尽管我察觉到这种变化，但内心拒绝改变。

任何的文章都需要真情实感的流露才能直指人心，但我在舒适圈里硬凹的文字，读者觉得拧巴，我也不喜欢。

写完一篇篇反应平淡的文章后，我开始深深地怀疑自己。

接纳当下，才能放过自己

我意识到，如今让自己有表达欲以及有敏感度的题材跟以前不一样了，我以前关注职场上如何打拼和晋升，现在我更关心宝宝怎么吃才不过敏，产后怎么调理才更美。

我也知道，我的读者都很年轻，我在意的话题，他们不一定喜欢，如果我聊太多生儿育女，恐怕他们会嫌弃我。

于是我硬着头皮写了读者可能感兴趣的，但大家的眼睛就像 X 射线，在字里行间里读懂了我写作时的强颜欢笑。果不其然，我一篇又一篇的文章都得不到我想要的反馈。

强拧的瓜不甜，写作也一样。

梁爽给我打气说:"写你心生欢喜的选题,你当下的真情实感,才能够打动人。"

接受当下阶段身份变化,写我现在状态的所思所想,顺其自然、不迎合、不故作姿态,才能卸载一部分自我怀疑的焦虑。

姚晨在星空演讲里坦言,中国女演员40岁后就有很多角色不适合演了,女演员到中年有很多尴尬和迷惑。

但其实女演员到了40岁,无论演技还是阅历都是最饱满和成熟的阶段,只要找到自己合适的定位和角色就能大放异彩,比如她和马伊琍在《找到你》里的精彩演出。

我以此来鼓励自己,女人越成熟会越有智慧。我拥有的素材和领域变得更宽阔,没必要因为结婚生子等人生变化而惴惴不安。

无论人生有何变化,写作依然是我的能量和热情所在。通过分享文字,有了读者分担我的喜怒哀乐、我的过去、我的记忆,读者记住了,我就可以忘掉。

有你们在,我的回忆就在。

我给自己打气,人生不破不立。

忘掉前30岁给自己规划的模式，后30岁重新出发，不纠缠过去，接纳当下，这是成长的方式。

从感兴趣或擅长的事里重拾自信

做不擅长的事，用自己的三等马去赛别人的一等马，十有八九都是输，失意多了，就会怀疑自己。

有次我写了一篇自认为很"鸡血"的文章，但读了几遍后觉得很不满意，又开始了自我怀疑：我是不是笔头生锈，文思枯竭了？但经过细细分析，原来是因为我为了写而写，为了达到效果自圆其说。

违心的文章写多了，失败的案例积厚了，自我怀疑的火苗就烧得更旺了。

张爱玲在上海时期写的很多小说都很受欢迎，比如《倾城之恋》《红玫瑰白玫瑰》，但她写的《赤地之恋》却销路不好，美国出版商完全没有兴趣，香港出版商也只是表现出淡淡的态度。

据她本人分析，那是因为她写了自己不感兴趣和不擅长的领域。在写作的过程中痛苦不堪，像得了精神便秘，结果也不讨喜。后来她给宋淇夫妇的信里说，绝不写自己不喜欢、不熟悉的人物和故事。

写作天才如张爱玲，在自己不擅长和不感兴趣的领域里也会遭遇滑铁卢，更何况是像我这样的普通人。

董卿问港珠澳大桥的总设计师林鸣如何凝聚人心，林鸣说："唯有成功才能建立信心。"

深以为然，只有一次次成功才能累积信心，而做自己擅长和感兴趣的事最容易成功。

有时候做得不够好只是因为找错了方向。

我告诫自己，在自我怀疑的时候，不妨静下心来，调整方向。

保护脆弱的内心，多关注给你鼓励的人

承认自己的内心没那么强大，不是示弱，而是正当的自我防卫。

生完孩子后，我被玻璃心附身，以前看到别人的辱骂，我可以一笑而过，但现在我只想掀桌。

一看到公众号的阅读量不佳，转载量下滑，我就火气攻心接着怀疑自己。

否定是怀疑者的通行证，只要有一条评论是负面的，我就全盘否定自己，哪怕后面给我正面评论的有好几十条。

我慢慢意识到，这是病态的，也对不起那些默默给我点赞和鼓励的甜心读者。

后来我发现，只要我不过于关注负能量，心情就好很多。如果再进一步，把更多目光赠送给那些鼓励我的人，心情就更饱满高涨。

现在我学乖了，哪天觉得自己有点"丧"，就赶紧打开电脑，翻翻公众号后台那些给我加油的留言。

正能量，是你在自我怀疑时的解药。

朋友曾跟我说，失恋的时候千万别听悲伤情歌，会越听越忧伤，要看周星驰的电影、听郭德纲的相声。

他说的是对的，人在低能量的时候，就要找高能量的事物中和一下。

就像我的闺蜜，每当自己职场失落、情场失意时，都会组个饭局，在举杯畅饮中，享受大家对她的赞美和膜拜。吸收完正能量的日月精华后，她又是一个铁铮铮、自信满满的女强人。

多与能鼓励自己的人为伍，他们会让你分泌更多的多巴胺，你会变得更乐观更自信。

人有时候不能抓着自己的头发从泥潭里拔出来，那就借别人的鼓励冲出雾霾。

人无完人，我们在不同的阶段不同的年龄都会有不同的困惑和怀疑。

周迅拍完《明月几时有》时，发现自己老了，难过得在房间里大哭一场；姚晨生完二胎后，发现自己不红了，不知道演员生涯何去何从；刘德华位列四大天王，但面对流量小鲜肉，也感叹自己老了。

面对生理的变化、人生的拐弯，就算大人物也会战战兢兢，更何况我们作为普通人，面对挫折和变化时，当然也会慌张和自我怀疑。

在任何一个阶段，每个人都会有自我怀疑，这很正常。

接受不完美的自己，接纳新的自我，做自己擅长的事，多关注鼓励你的声音，会让你多一份重整旗鼓的自信、厚积薄发的力量。

当然，要真正由内而外地自信，还要自己给自己信心，自己鼓励自己。

哪怕世界上没有一个人看得起你，你也要给自己一些掌声；哪怕世界上所有人都对你翻白眼，你也要对自己微笑。

因为只有自我的救赎，才是真正的救赎，才能在自我怀疑里开出自信的花朵。

我鼓起勇气说完我的自我怀疑了，也许你我遇到的原因和情况不一样，但希望有些思路对你有点小启发。

04 一段关系里，别做那个动不动就炸毛的人

去年有一次，闺蜜的婆婆离家出走了。闺蜜得出的经验是，千万别跟婆婆住在一起。她自己就经历过被婆婆气哭，双方冷战、舌战，然后两败俱伤。尤其生孩子后，两代人对养育的价值观南辕北辙，很容易摩擦生电。

比方说闺蜜最近的遭遇。

婆婆搬过来跟他们一起住差不多一年了，他们容忍彼此的脾气和克制对彼此的看不顺眼，这些小矛盾，在孩子出生后更加白热化。

老人家觉得孩子在晚上要盖厚的被子，闺蜜觉得薄被子

就可以。在闺蜜看来，孩子不怕冷但最怕热，很多病都是热出来的，育儿专家崔玉涛也是这样说的。

老人家觉得孩子需要手把手照顾，可以不用尿不湿；闺蜜觉得要顺应孩子的生理发育，而不是人为地控制，孩子发育到一定程度，自然可以不用尿不湿。

如此之类的观念冲突，每天都在上演，终于在一个晚饭之后，他们都爆发了，然后，婆婆离家出走了。

婆婆和媳妇本来就是"八字相克"的两个物种，之前能够和平相处，全靠意志力上的忍耐啊。

在世上，无论维持一种什么关系，想要长治久安，靠的都是马拉松式的忍耐。

据说，再恩爱的夫妻，一生中都有100次想离婚的念头和50次想掐死对方的冲动。然而，没有实现那一步的冲动，谁都是依赖理智上的克制和容忍。

韩寒说，喜欢就会放肆，而真正的爱是克制。

深以为然，在男女关系里，如果你重视对方，想维持稳定的长久关系，都会克制自己，在不突破底线的基础上忍受对方的缺点。

女友 C 是个洁癖控，家里的东西要摆得整整齐齐，地上一根头发都要立马捡起，每次去她家，在门口要抖一抖衣服上的灰尘才能进门。

可是她的老公就随意多了，袜子老是不扔进桶里，刷牙时牙膏粘在洗手盘里，忘了清理干净。然后女友经常会像唐僧念经一样在老公耳边叮嘱要注意卫生，每天起码说个800遍。

在我们外人看来，精致女孩和粗线条男孩的生活应该很不和谐吧。可令我大跌眼镜的是，这两个对清洁程度追求大不同的人，居然多年来关系也算四平八稳。

女方说，跟一个人同一屋檐下靠的是"忍功了得"，爱一个人就是享受对方优点的同时，还要咬牙啃下他的缺点。

女友性格内向，不喜欢交新朋友，但是他性格幽默，总是能哄她开心。虽然彼此生活习惯不太一样，但是无论嫁给谁，生活习惯都是不一样的，互相忍耐是夫妻可持续发展的基础。

爱就是恒久忍耐，如果没有忍耐的爱做底色，这种爱显得太脆弱。

综艺节目《幸福三重奏》里，三对夫妻都在展示着不同的忍耐之道。

大S做了寿司给汪小菲吃，面对一整盘黑暗料理，汪小菲表现出很强的求生欲，边吃边夸老婆做的寿司好吃。明明自己吃得很撑，但为了讨老婆欢心，依然忍耐着难受的感觉，把寿司吃完。

有网友说陈建斌和蒋勤勤那一对，看着令人不舒服，主要是陈建斌简直是甩手大老爷的杰出代表，在家里不是躺在床上打鼾就是在沙发上吹水，懒人作风令人发指。而挺着八个月大肚子的蒋勤勤居然还要煮饭煲汤伺候他，贤妻良母指数令人佩服。

让人看着婚姻美满并且已经生二胎的陈建斌和蒋勤勤，在日常相处的点滴里，也是需要无限忍耐啊。

大明星夫妻的相处模式尚且如此，更何况在平常百姓家，**成熟的婚姻，本身就是在忍耐中亦步亦趋，如履薄冰。**

朋友、同学之间，彼此能稳住情谊，忍耐是润滑剂。尤其过集体生活时，忍耐是一种高级情商。

在大学时，8个女同学住在一起。同学A是晚睡型体质，同学 B 是早睡型人格，同学 A 的床头灯正好对着同学 B 床上的枕头位置，每次同学 B 在晚上 10 点半准备入睡时，都会被同学 A 的灯直射着眼睛，B 对光又十分敏感，于是辗转难以入睡。

同学 B 找同学 A 交涉，结果 A 说自己的生物钟就是这样，太早睡是无法入眠的。于是同学 B 买了防噪音耳塞和睡眠眼罩，也算风平浪静地度过了一个学期。但有一天同学 A 对 B 说："你能不能换一个闹钟，那个秒针在嘀嗒嘀嗒地响，让我无法入睡。"

同学 B 有点难受，因为同学 A 的台灯骚扰了她一个学期，她都在忍，但因为自己的闹钟有一点声音就被翻白眼，而且她的闹钟已经是最静音模式。

那天晚上她们吵了一架，至今没有和好。

南京某高校，曾经对 800 多名新生的作息时间、卫生习惯、学习特点、社交偏好等做了系统调研，在入学时按新生的生活习惯，把"早起鸟"和"夜猫子"分开住宿，成效很不错，减少了很多宿舍矛盾。

但是这个调研工作很繁琐，不是每个高校都能落实。所以，大部分人面对集体生活，还是要互相迁就才能保太平。

在集体宿舍，大家来自五湖四海，个性和生活习惯都天差地别，互相包容是相处下去的锦囊妙计。

就像同学 B 一直容忍着同学 A 的生活习惯，想着退一步海阔天空，彼此相处也更愉快，毕竟同学间低头不见抬头见，太多的摩擦会令彼此在同一屋檐下很尴尬。

但同学 A 却从没想过忍耐别人，也从没换位思考过别人的处境。对方容忍她，她就当作理所当然；自己的睡觉质量大过天，但视别人的睡觉质量如无物。

在现实的交往中，人和人之间，尤其在集体生活里，如果一人退一步地迁就，就是美好的人间。

有些人也许会说，我不想容忍任何人。要达成这样的愿望，也不是不可以。**不容忍别人是一种自由，但是这种自由是跟"你有没有钱"以及"你想建立什么样的社会关系"骨肉相连的。**

如果你只是普通人，或多或少还是要在社会里做些妥协，适当地忍耐一些能在忍耐范围内承受的事情，你不是陶渊明，为五斗米折一下腰，也没什么可耻。

当你还没有钱为明天做打算时，请忍一忍你的老板，先别冲动说再见；当你还是很爱对方，很重视一段关系，但受不了对方的生活习惯时，不妨忍一忍，因为对方其实也在忍你。

当你在社会里受尽委屈和折磨，觉得走不下去了，忍一忍，转个弯就是海阔天空。

《圣经》里说，凡事包容，凡事相信，凡事盼望，凡事忍耐，唯有忍耐到底，必然得救。在现实生活里，当然很难做到《圣经》里的箴言。如果别人一而再地突破你容忍的底线，需要正当的反击。

但对于大部分的相处模式，在原则和底线范围内的忍耐，是一种修养。

懂得适度的忍耐不是懦弱，而是高情商。因此，在忍耐里，我们救赎的往往是自己。

05　生活有进退，输什么也不能输心情

我之前追新版的《倚天屠龙记》不亦乐乎，有一集讲到张无忌率领的一众明教高手遭赵敏下毒，毒性发作时全身无力，顶级内功无处发挥。正当各高手想将赵敏煎皮拆骨以解心头之恨，谁知他们越动气，毒性越深入肺腑。

张无忌提点他们，要保持心情平静，切勿动气，气上心头，自然毒气攻身。

我受张无忌的话启迪，逐一检索自己有哪些不当的过激情绪行为：

一周前在医院看病,因为等号太久,暗自生气了1小时;前几天因为助理的不当操作出现小事故,心情毛躁了一下午;昨天因为婆婆没按我的时间表喂孩子辅食,生了半小时闷气。

难怪我最近掉发严重,长痘之风有抬头之势,心情不好,内心戏重,身体和颜值都打了折扣。

美国心理学家保罗·艾克曼研究过人的心情和面相的关系:心情低落时,嘴角会下垂,眼睛不自觉向下看,上眼皮低垂,双眉皱紧并向中间抬高。

长期心情不好,面相会苦过黄连,不到30岁就成祥林嫂。而心态稳定的"笑呵呵派"人士,会像吃了抗氧化补充剂一般,身体也会更加健康有活力,面相也越来越好看。

人不可能完全没有情绪,情绪对我们的影响也会有正面的时候,它激励我们为生命中重要的事情而努力,制造各种乐趣。

允许自己有情绪,但不要过于被情绪控制。做到"不以物喜、不以己悲"也许很难,但我们可以在沮丧时尽力开导自己,花心思哄自己高兴,心情回暖,金不换。

女同事玫瑰是公司销售团队的四大护法之一，业绩金光闪闪。

有次上班期间，突然有公安来搜查我们每人的办公桌，说有人在午饭期间丢了一颗价值10万的钻戒。钻戒是玫瑰的，她说自己快结婚了，是未婚夫送的订婚戒指，其意义非凡。

我们都为玫瑰难过，如果是我估计要沮丧一周，可她丢失戒指后不到一小时就调整好情绪，在电话里跟客户谈笑风生了，那种轻快感骗不了人。

虽说玫瑰业绩很好，但培训公司的提成也没有高到不会心疼10万块，她的未婚夫也只是工薪阶层。但她情绪稳定，并非因为不差钱，而是情商高，看得开。

她说，钱财是身外之物，破财就当作挡灾，没什么比心情更重要。我每次遇见玫瑰，她的表情都是轻松愉快的，声音也是轻快有亲和力。她的业绩能够优秀，客户对她忠心耿耿，她的面相和声音都为此增色不少。在钻戒丢失后，她没有浪费太多时间沮丧，很快又拿下了一个大单。

萨尔文·汤姆金斯说，每当一个情绪产生时，我们都会下意识地表现在声音上，不同的情绪中声音会有所不同。一旦某人开口说话，很难保证不从声音中露出蛛丝马迹。

声音很难会传递假的信息，一个人的心情的阴晴圆缺，听他的声音便可了然于胸。常常能有好心情的人，是快乐的人，即使在不如意的事里，依然有转悲为喜的手腕。

只要不输掉心情，生活就没有输赢，因为你一直都在赢。

多年前，我读过汪曾祺先生的一本书，里面描写一位老人的生活特别清简，但却有股烟火味的喜乐感。

他每天一日三餐，规律平静，没有大喜大忧，没有烦恼，天然恬淡。所以老人七八十岁，看起来六十出头；眼睛很大却一点不混浊，眼角虽有皱纹，但因为说话总带着笑意，眼神清澈如天真孩子。

心情恒定愉悦的人，会比脾气反复无常、毛毛躁躁的人更耐看，身体的损耗也能降到最低。

武侠小说里最高境界的武林大侠都是笑呵呵的，比如笑意盈盈的扫地僧或是以柔制刚、心胸开阔的张真人，他们长寿又武功盖世；相反，那些脾气暴躁、杀气腾腾的人，武功再高，归途大多也是走火入魔，不得善终。

想方设法让自己心情好一点。生活节奏快,那就学会慢点走;工作再忙,也要抽空品品茶,喝喝酒,听听曲,写写字。人生少忧虑,生活才好玩。

很喜欢大哲学家伊壁鸠鲁的思想宗旨:做人的最高境界是要达到不受干扰的宁静状态,并要学会快乐。

要拥有愉悦的心情,就要学会如何让自己快乐。在快乐这件事上,不妨为自己私人定制一份快乐清单。我的一位乐天派朋友跟我说,她的快乐清单就是友谊、美食、扮靓、阅读。

心情愁闷时,就下厨煮饭自设家宴,邀请好友来家品尝美食,在互相畅聊、彼此关心的时光里,心情的抛物线从最低点越滑越高,在知己和美食里开出了花。

内心急躁时,翻翻名人传记、先贤哲学,抄下他们的名言警句,内心不知不觉有束明亮的光加持。

生活灰头土脸时,穿上漂亮的衣服,精心画好眼线和眉毛,涂上最喜欢的口红,突然间发现自己又有了铮铮铁骨的精神气。

在生活里，有时候难免会遇到让人悲观失望的事。客观不可变，但在主观能动性的范畴里，我们可以力所能及地做些积极正能量的事来稀释那些让你沮丧的事。

钱钟书先生被下放农村干活时心情愁苦，晚上他会抱着厚厚的大字典逐个字地看并做笔记，看书写字让他苦中作乐。

奥地利心理学家弗兰克尔被纳粹关进集中营，靠着自己自创的"精神终极自由"价值观，穿越肉体的痛苦，实现内心的平静，最后成为幸存者。

美食家陈晓卿，在人生最低落最抑郁时，靠着每天思考今天该去品尝哪些美食，用拍摄和文字记录下吃到的好东西，支撑他一步步走出阴霾。

也许人生就是一串无数的小烦恼组成的念珠，但乐观的人总是笑着数完这串念珠。多做一些让自己快乐的事，再苦的时候也能苦中一点甜。

用伊壁鸠鲁的一句名言总结：快乐就是有福的生活的开端与归宿。

在我看来，能在不快里创造快乐，遇事不怕事不急躁，常常保持心境平静的人，就是有福的人。

06　职场不容易，要学会创造一平米的安静

先生有天对我说："真的很怕星期天，因为明天就是星期一了。""星期一综合征"是每个上班族的顽疾，可能是我们心里都很抗拒上班吧。

上班意味着你要快节奏地干活，对老板唯命是从，伺候要求繁多的客户；中午吃顿饭都要急急忙忙，上个厕所都无法自由。职场生活对我们真是一种惩罚，但这又是我们必须长期忍受的生活之恶。

上有老、下有小，养家糊口，谁都不容易，再难我们也要迎难而上。

既然步履维艰的职场生活我们是必须要忍受的，那我们就尽量心平气和地接受它吧，尽可能地创造快乐一点的职场生活才是可持续发展的方式。

做个不合群的职场人，是快乐的开端

曾经有个读者在微博私信我说，工作特别不开心，同事之间的冷漠，让人很难交到真正的朋友，觉得自己好孤独。

我给她回复，没必要把同事当朋友，少想些关于人际关系方面的负面问题，把时间专注于当下的工作和自己，会开心得多。

我以前的公司，同事之间有个习惯：吃午饭时大家集中在会议室里，一边吃饭一边聊八卦。有时候聊的事情很没营养，只顾着聊天，吃之无味；有时候有用的信息没接收到多少，但同事之间因为有聊八卦之交，关系也比较没距离感。

我对于这种看似很和谐的同事关系，感觉挺心累的。有时候你不去会议室一起聊天吃饭，就会显得自己很没集体精神，反而羡慕那种冷漠的同事关系，吃饭时间各管各的，自由而独立。

在我看来，快乐的职场生活应该是有点距离感的，大家有事说事，有时聊一下也无妨，但不需要每天都聚众聊天。有时候聊太多，越聊越负面，对公司和目前的工作状态就有很多不满，很容易成为抱怨心强的员工。

所以，快乐职场生活守则的第一条是：不需要太合群，多专注自己。

我喜欢午休的时候，一个人静静地吃饭，屏蔽掉与工作上有关的所有人和事，用心专注地品尝每一口食物的味道，慢慢地咀嚼，感受酸甜苦辣咸在口腔里的层次感。当舌头在享受食物的美妙时，再讨厌的老板和难缠的客户，此刻都会烟消云散。

为了防止有人找我聊天，午饭后，我会带上眼罩，静静地躺在椅子上休息一会儿，让大脑放空，不让杂七杂八的流言蜚语入侵我的大脑。在下午以饱满的心情回归工作，工作效率高，下班才能不加班。

好好吃饭和好好睡午觉，是我在职场生活里能为自己争取到的最私人的平静快乐时光。做好这两件事，就像在职场生活里为自己的心情开辟了一块自留地，再错综复杂的职场难题，也显得没那么难了。

当然，要做好这两件事，你首先做个不那么合群、孤独一点的职场人，这样就不会有太多人际关系打扰你，还能保住自己的私人时光。

做些小确幸的事很必要

张姐是个很浪漫的人，每周一都有快递送来一束配有花瓶的鲜花。一开始还以为是张姐的爱人送的，后来才知道是张姐自己订的。

张姐是财务经理，独立一个办公室。每个走进她办公室填报销单的同事都说，张经理的办公室舒服得像个温柔乡。桌面文件整整齐齐，加湿器喷出薄薄的水汽，插在玻璃瓶的鲜花散发出淡淡的清香。

鲜花、加湿器、幽香的味道就是张姐上班时间里的小确幸。身为财务部门的领导，张姐压力也不小，尤其是月底、季末、年终时，但从没见过张姐发脾气，她总是给人一种轻松、有条不紊的感觉。

张姐有一次跟同事分享自己的工作心得说，要减少工作的疲惫感和委屈感，就要多给自己制造小确幸，在辛苦的工作路上多创造些小确幸，再艰难的任务，做起来也没那么难。

在我看来，在上班时间，见缝插针地做些让自己放松心情的小事，真的很解压。比如在抽屉里放些心爱的零食、好喝的茶包、咖啡，当手上的工作进展不下去，吃一点巧克力或去茶水间泡一杯茶，感受一下茶杯在手心的温暖，慢慢地感受茶的味道，是在难熬上班时光里的一抹阳光。

有小确幸，职场生活才没那么苦涩，每个上班族都该尝试开发自己的小确幸，在苦涩的时间里加点甜蜜要素，才能熬过漫漫长夜。

用慈悲消除内心的鼓噪

在职场里，如果用慈悲的心态看问题和做事，内心会有前所未有的平静和安宁。

世界上没有一个十全十美的公司，以我的经验，同事之间很容易私底下抱怨公司的缺点、某位同事的讨厌之处，我自己也做过这样的事。但越抱怨，负能量就越积越多，不仅影响人际关系，自己也容易有委屈感。

美国知名静心导师沙朗·莎兹伯格在《一平米静心》里说，通往快乐支持的最大障碍是严厉、负面的评断。无论是被评断，还是去评断别人，都会在团队之间砌起一面墙，阻断心灵的交流。

有时候我们改变不了客观的工作环境，不如用宽容和慈悲来让自己和别人变得更好。

我以前是做培训的，在一次培训大会的前两天，一位新来同事做的培训手册没有给领导确认就去印刷了，结果出来的手册内容有误，如果被传到老板那，她一定被解雇。想到她刚毕业，工作经验欠缺，领导自己承担了责任，赔了钱，和那位新同事一起重新校对手册，在培训大会开始前印刷好。

我有点不解，其实可以炒掉那个新人，毕竟她做错了事，但领导说："要用慈悲心对待像白纸一样的新人，他需要在错误中成长，做错事时第一任务不是严厉批评，而是先解决问题，再总结反省。"

后来那个新人成了不错的中层管理人员，领导的管理风格也得到很多同事的认同，非常配合他的工作。

领导是个心胸广阔、见过世面的人，他认为严厉批评打击新人不如正面引导，发怒说对方是蠢材很容易，但做到慈悲引导他找到解决问题的方法不容易。

出了问题不急于苛责，而是要尽快找到解决方法，是领导教会我在职场上最大的积极心态。

当你用这个原则去做事,同事佩服你,下属敬仰你,你会是个受欢迎的职场人,做起事来,会有更多人配合你、支持、帮助你,职场之路越走越顺。

有意义地做事才心平气和

生而为人,我们需要不断地寻找生命的意义,作为职场人我们也需要找到工作的意义,才能心平气和地认真做事。

有一个很老的故事说三个工人在砌一堵墙,有人过来问:"你们在干什么?"第一个没好气地说:"没看见吗?砌墙。"第二个抬头笑了笑说:"我们在盖一栋楼。"第三个人一边干活一边哼着歌儿说:"我们在建设一座新城市。"

当我们赋予工作的意义,我们才能快乐地工作。

我曾经看过一个节目,香港一个老人几十年来在开着一家简陋的理发店,其实他的子女都已长大成材,他可以不用再工作,但他每天早早地开门营业。支持他快乐工作的意义是:香港的老上海人就是认定他这家遵循老上海理发习惯的理发店,他身为上海人还能传承这种上海理发文化,觉得很有意义,每天都笑嘻嘻地为客人服务。

赋予我们每份工作的意义吧，为自己找一个好好工作的理由和愿景，是我们平静踏实做事的基础。

　　一直以来，我们都觉得上班如上刑，工作是我们最苦的修行。可是，当我们换一个视觉、一种方式，工作所滋生的问题并没有我们想象中难，而是在苦中也能作乐。

　　也许我们在工作里会慌张、焦虑，但没关系，我们可以用各种小方法调整心态，重新出发。

07 控制睡眠时间,是拥有开挂人生的开端

世界杯一到,好多球迷已经买好花生和啤酒,做好熬夜看球的充分准备了。虽然狂欢驾到,但是一波情侣已在分手路上,据统计,每届世界杯都是情侣的分手高峰期。

看完世界杯,感情乐极生悲。原因何在?据分析,是熬夜多了,无论男女都身心疲惫。

四年前,一名女同事就因为丈夫通宵看球,自己也跟着睡不了觉,脸如菜色,心情烦躁得把家里的电视砸了。

最近有新闻说,**熬夜多了的人不仅会毁容、脱发、耳聋、诱发干眼症,现在又多了一条罪状:脾气变差,情商变低!**

难怪一到世界杯,好多情侣夫妻脾气会大逆转。

我的一位师姐就是在世界杯期间跟男友分了手,原因是她为了融入话题,讨男友欢心,假球迷的她伪装成真球迷,天天陪着男友熬夜看。

喜欢的球队赢球了,男友很开心,可是她完全不能理解,明明不是真球迷,可是她硬逼着自己熬夜,结果心情越来越差,两人争吵不断,结果以分手收场。

表面上他们是因世界杯分手的,实际是因为经常熬夜,导致心情低落、脾气变差。

熬夜跟脾气真的有千丝万缕的关系。比如我,因为连续熬夜带娃,黑眼圈严重,脾气不稳定,比以前更易发火,尤其半夜起床喂夜奶时脾气很大。

脾气好坏跟睡眠长短是成正比的。

长期熬夜的人,肾上腺素上升,心肝脾肺肾都有种炸裂感,交感神经难以充分兴奋,整个人头昏脑涨。要么不想说话,要么一张嘴就没几句好话。

有次熬完夜后,母亲一大早打电话过来,我在神志不清和情绪极度烦躁下,凶了她几分钟。作为一个熬夜又要早起的妈妈,我常反思自己,如果再恶化脾气,不仅身体在透支,连家庭的人际关系也会瓦解,人生也快废了。

从中医的角度看,常熬夜的人,肝火郁结,因而更容易发脾气。所以那些常熬夜、无心睡眠的人是脾气暴躁的高危人群。

其实,熬夜多了不仅会产生很多看得见的硬伤,比如长痘、口臭、掉头发、变胖,更可怕的是,还会带来一些你看不见的软伤,**它会时时控制你的脾气、情商,让你的人生由外到内,一点点废掉。**

熬夜的黑路走多了,会改变一个人的性情。

前段时间有位朋友问我哪里有比较好看的假发卖。我有点惊讶,以往他的头发一直浓密得羡煞旁人。

但这几年,身为医生且每周有好几天要熬夜值班的他几乎脱发成"地中海",而且脾气也比以前暴躁很多。有次他跟太太争吵的导火线只是因为对方煮饭时放水少了这件小事。

据他说,每次上夜班,处理完一个病人后想在值班室眯一会。但还没来得及闭眼,床头的铃声就响起来了,因为又有急诊要亲自上阵。熬的夜越多，他的头发越少，情商也倒退了。

我为他的专业精神点赞，但也担忧他的身心健康。

有些职业是无法选择不熬夜的，但有些人被公司要求熬夜加班，第二天公司补假休息，但他依然选择通宵玩乐，第三天上班精神状态奄奄一息，身心摧残，整个星期的工作效率都废了。

之前有一篇关于早睡和熬夜的文章说，有些人是"夜行人"，他们很难在凌晨1点前入睡，因为在晚上的思维会转得比白天快。文章还谈到，"夜行人"习惯了熬夜也没问题，因为他们也会相对应地晚起床，补够觉就行了。

我曾经看过杨绛先生的一篇文章，她说自己也是晚睡的人，但会很晚起床，因此每天早餐都是钱钟书先生做的。如果你习惯熬夜，那么你就晚一点起床，有足够的睡眠也是没问题的。据说宋美龄也是晚睡晚起的人，她也能活到107岁。

其实对身心透支最大的是那些熬完夜，没时间补觉的人。

我们很多人都是要打卡的上班族，睡眠时间根本不够，没有资本晚睡晚起。

不够时间睡觉还死撑熬夜的人,是最大的受害者。因此,晚睡还要早起的人最伤不起。

那篇文章里也谈到,2012年针对65000名欧洲人的统计数据表明:晚睡早起的人,肥胖的概率更高,也更容易患上抑郁症,情绪低落。

所以,熬夜,并非人人都熬得起,能熬夜也要有能晚起的命。

念大学的时候,有次心情很差,舍友安慰我说:"别难过,今晚泡泡脚早点睡,睡醒了第二天心情会好很多。"

开始总觉得她只不过是安慰我而已,后来试了几次后,发现早点睡觉很划算,真的会应验《飘》里的名句:明天又是新的一天。

晚上睡饱了,第二天整个精神面貌都会变得很积极,很少会往消极方向去想,前一天发生的事再悲伤得逆流成河,只要睡得好,感觉悲伤也会减少一半。

后来看了《睡眠革命》这本书,更加印证室友说的早睡论是多么正确。书里说,那些能够坚持健康饮食、经常锻炼还能睡个好觉的运动员基本会是运动员里的佼佼者，良好的生活习惯让他们的心态更加积极向上，取得更好的成绩。

饮食、锻炼和睡眠是保证身心健康的三驾马车。 在我看来这三者是互相作用的，睡眠好、精神饱满才能吃得香，从而带动一整天都能情绪稳定，开开心心。

睡眠是控制情绪最有用的生活习惯。

据科学分析，**睡眠不足会使杏仁核过度运作，熬完夜后，我们很容易会感到恐惧、厌恶，甚至愤怒。**

优质睡眠不只对前额叶好，而且还能让杏仁核获得充分滋养，帮助我们更从容面对挫折和那些不愉快的体验。深度睡眠能修复我们体内的每个细胞，清洗我们受过的创伤，保持稳定情绪。

曾经听过一个成功人士说，每当自己倒霉时，他就暂时什么都不做、什么都不想，选择早点入睡，一觉醒来，感觉心情爽朗，好运气又快马加鞭地来找他。

《睡眠革命》里说，一个人如果能控制好睡眠，那么他就能更好地掌控全局。**其实，如果一个人能控制情绪和脾气，他就能控制全局，而情绪和脾气跟睡眠息息相关。**

睡得好的人比天天熬夜的人更容易有一副好情绪的面相。不熬夜才是毫不费力的养生，才有好身体、好心情的良性循环。这一切都是有好运气的指标。

因此，若觉得人生不好控制，那不如从控制睡眠时间开始，这才是人生光明的开端。

不会生活的人，容易有委屈感

Part 4

01　没有烟火气，人生就是一段孤独的旅程

纪录片《人生一串》有句台词："没有了烟火气，人生就是一段孤独的旅程。"

深以为然，烟火气可以驱散孤独感。但我们在大城市里打拼，从周一到周五都在写字楼里工作，午餐是靠吃盒饭解决；加班很晚才到家，索性便不吃晚饭了；周末只想宅在家里，干脆就在 App 上点外卖。

一个人的时候，我们很少去想如何好好吃饭的问题，觉得能凑合就行。

我曾经也是个很凑合的人，一个人住的时候，早餐在路边摊买个煎饼随便解决；中午吃盒饭；晚上下班路过快餐店顺便打个包带回家。这样好像过得挺省事的，双手不沾阳春水也能喂饱自己。

但这样过了半年后，突然觉得很疲惫，委屈感涌上心头。在公司，人与人之间已经很冷漠理性了，回到家还要吃冰冷的外卖，那种苦涩感，在我面对空荡荡的出租屋时更加浓烈。

我怀念妈妈的汤汤水水，怀念乡下的走地鸡，怀念刚出土的莲藕——拿来炖排骨莲藕汤，有股淡淡的清香。我想念一切跟"吃"有关的烟火味。

当你开始好好吃饭时，生活开始变得有人情味。以前我一下班就回家，后来我下班后不急着回家，而是好好逛菜市场，搜集当季食材，和菜摊店主交流……我知道了买丝瓜要挑软身的，买莲藕要买洞口大的，煲鸽子汤可以放点绿豆，煲番薯糖水要放姜……他们教会了我不少烹饪的小秘诀，原来大城市也不是那么冷漠，在菜市场也能找到人情味。

学会做饭后，我喜欢在周末邀请朋友到家里吃饭。原来请人吃饭，除了家里增添了许多人气和烟火气外，你还会不知不觉地沉迷在购买食材、煮饭备菜的忙碌中，有种麻醉烦恼的作用。

美国积极心理学的奠基人契克森米哈依提出过一个心流理论，他说当一个人完全沉浸在某种活动当中，达到忘我程度时，会产生心流。

我在家里为朋友烹饪美食时，就有这种感觉。当你学会如何亲手组织一顿好吃的，就学会了如何去排解孤独。

在餐桌上是最容易建立感情的，当你为别人用心做菜时，就是一个用真心待人的过程。餐桌上的烟火气，滋养着朋友之间的感情。

陈淑芬有次接受鲁豫的采访说，每次她从外地出差回来，刚出机场，肥姐沈殿霞都是第一个打电话给她说，做好饭菜等她回来吃。肥姐即使在人生最低潮时，依然保持乐观，她寻找开心的方式是煮饭给朋友们吃，让家里充满烟火气，看着朋友们吃得开心，她也很快乐。

享受美食的人很开心，为别人洗手做羹汤的人，何尝不是快乐的？他们通过切菜、淘米、炒菜、煲汤等一系列的动作，维持内心的秩序和安宁，让食物的香味填充内心的孤独感和忧愁感。

烟火气是打败孤独的有效手段，试一次就上瘾。

做饭，最重要的作用是可以讨好自己。

《忧伤的时候，到厨房去》里说，厨房是母亲的乳房、恋人的双手、宇宙的中心。这句话说得很精准，如果说衣服和化妆品是我们用来讨好这个世界的，那么厨房，就是用来全心全意地讨好自己的地方。无论在外面的世界受了什么样的委屈，一碗面、一个荷包蛋，就能让人鼓起生活的勇气。

看港剧时常有这样的镜头——加班的女儿回到家，父亲或母亲便会温馨提醒：锅里有陈肾西洋菜汤，你去喝一碗吧。这个场景虽然老套，但每次看到类似的情景，都暖上心头。

我们大学毕业后离开了父母，很多时候都是一个人住，没有人给你热汤煮饭，丰衣足食都要靠一人之力。可是就算没有人为我们煮饭，我们也要好好吃饭。我们认真地为自己做饭，就是为了讨好自己，不让父母担心，不让自己委屈，吃得好，心才不会乱。

我一个朋友在出国留学前，专门去新东方考了厨师证，她说："学会了做饭，在国外就算再孤独也不怕，我还有一双能给自己取暖的手。"有时候，看她在朋友圈"晒"的海鲜意面、西红柿炒蛋、冒着热气的老火汤，感觉很有生活气息。她跟我聊天说，虽然刚开始在国外遇到的事不是特别顺心，但回到家为自己煮饭煲汤，吃饱喝足后，又有了勇气去面对第二天的难题。

即使我们去到世界尽头，如果还有厨房可进，你依然活在宇宙的中心，无论在哪里都有温暖，不会被孤独打败。

没有烟火气的生活是冰冷的、孤独的。

张爱玲晚年生活在美国的公寓里，她每天靠喝牛奶度日。她的家里没有烟火气，连放在厨房里的咖啡杯都好像没有用过，光洁如新。她是那么地孤独，因为寂寞，她家里的电视机每天都开着。

张爱玲式的孤独，不是每个人都能忍受，心灵没有足够强大，很容易崩溃。对于我们大多数人来说，让生活里多点食物的烟火气,才是快乐的泉源。

有烟火气的生活,是值得过的生活。

因为还有烟火气,我们不会那么容易被生活压垮,在烟火气里,我们逐渐找回失去的勇气,找回如何爱人以及如何爱自己的方式。

02　不用太多的欲望，满足也许只需要一块面包

我的父亲是一位点心师傅，在我眼里是名了不起的手艺人。记得在我小时候，他参加过大大小小的厨艺比赛，每次都能获奖，奖品通常都是一些很实用的日用品，比如电风扇、暖水壶、一套碗碟……我妈最喜欢那个白色浅口大碟，碟内画着寿星公和仙桃，每年中秋节她都会拿出来盛水果，其他时间都会用布珍而重之地包起来放在樟木箱子里。

父亲走了很多年，我们每年中秋节还是会拿出这个碟子盛水果赏月。"江月年年望相似"，变的只是赏月的人。在我少女时期，一到中秋节，一看到这个寿星公图碟子，泪水

就往肚子吞，心里想：为什么寿星公不能分一点寿命给我父亲呢？那时候觉得，人月两团圆不过是浪漫主义诗人哄自己的甜言蜜语。

但是再过了很多年后，到现在反而没有了伤感。在我心里，他活在了一个很安全的国度，没有凡尘俗事，安安乐乐，不用凌晨3点起床开门做生意，不用担心老婆子女一日三顿是否温饱，他是无忧无虑的。

他的灵魂在我心里永存。《寻梦环游记》里说，死亡不是生命的终点，遗忘才是，我会记得你。只要我没有失忆，你就活着。我会带着你给我的爱和温暖前行，珍重自己。

父亲是一个温暖又细心的人，他用他的言行影响我很多，虽然他没有说很多大道理，但他做事的风格植入我的基因里。

人活着真的不需要过多的欲望，纵然只是吃到一块用心做的面包

那时我们家开了一家早点店，他每天凌晨3点开工，无论酷暑还是严寒，雷打不动。这时候公鸡还没叫鸣，人们还在沉睡，但父亲已经进入工作状态了。他把晚上浸泡好的黏米用机器磨成米浆用来做广式肠粉，做肠粉的工具像一个个

叠高的抽屉，下面有个火力全开的烧水箱烧着滚烫的水，高温的蒸汽袅袅升起。

父亲抽出一个个抽屉，在上面铺上薄薄一层黏米浆，放入瘦肉末、鸡蛋浆、葱花。把抽屉关上，一会工夫拉出抽屉，黏米浆蒸熟了，有点像北方的凉皮，卷起来就是广式肠粉。

父亲是一个追求极致的人，他的店铺干净得发亮，厨房工具有条不紊地摆放着。他做的肠粉必属佳品，厚薄正好，很有劲道，材料新鲜，里面用的馅料，也是我妈妈三更半夜起来剁好、搭配好的。我们从不用隔夜食材，他们用真心真意为早起的人们送上第一口人间烟火气。

每天早上，父亲都会亲自给我做一份特别加料的肠粉，里面会多了牛肉、虾米、香肠。

吃着温热的早餐，从胃到心都被一种特别朴素单纯的快乐滋养着，这种快乐暗藏着父亲的爱意和用心。

每天下午3点半是我最雀跃的时光，因为这时，父亲做的面包就要出炉了。浓郁的奶香味十里飘荡，走过的行人闻香识店，走进来买一两个当下午点心。而我最喜欢做的事是站在一盘盘面包前，大口大口地深呼吸，想把这些金黄色的香气尽吸体内。

我和弟弟每次闻完后，都要大口大口地开吃。我最爱吃的椰丝奶黄包，中间有一条缝，里面塞满金黄色的奶黄，像浅黄色的雪花膏，又滑又软；松脆的面包皮上洒满椰丝，一口咬下去，舌尖跳跃着椰奶香气，奶黄夹杂面包香在口腔里荡漾。

在我心里，面包的香味约等于是父亲的味道，后来我们家的店关闭了，我再也吃不到父亲做的面包。但是下午3点钟出炉的面包香味一直储存在我的嗅觉里，以至于每次我经过面包店，一闻到面包香味，就有种甜丝丝的幸福感。

幸福就是不用求人，能自己动手丰衣足食

父亲在我心目中是十项全能人，别人家的自行车、摩托车、电视机坏了，找他修理准能修好；家里的床、椅子、凳子、饭桌、电视柜，都是他自己动手做的，精致程度居然跟订做的差不多；他做的饭也很美味，我最喜欢吃他做的榨菜蒸牛肉、姜葱清蒸草鱼、三鲜炒鸡蛋。

在我心目中，父亲就是一位活得精致的生活家，家里的一桌一椅、一粥一饭，仿佛都自带他双手的温度。他教会我，要学会自己动手去创造快乐，这样就不用假手于人。一个人的时候，也才能自己照顾好自己。

林海音在《城南旧事》里说，父亲的花落了，我也不再是小孩。

这句话是真的。父亲不在了，我不再像小孩一样等别人照顾了，我要学会照顾自己。

继承他的动手能力，我把自己照顾得很好，时间充裕的时候，为自己煲粥煮面，吃完再上班，从口腔到胃，整个人都是暖暖的。

身体不舒服时，学会调理自己，为自己炖汤煲凉茶。家里的电灯坏了、马桶失灵了，我也会学着修好。一个人单身的时光，因为有动手能力，好像也没有孤苦的委屈感。

小时候，父亲在清晨6点做好的热乎乎的肠粉，在下午3点半出炉的香脆松软的面包，都是我心里的一抹阳光。

曾经以为，父亲不在了，我心里的光亮就消失了。其实并没有，他只是以另外一种形式存在，他的内核精神一直影响着我，我一直在践行他的生活观。

我用他教会我的生活方式，温暖自己前行。

不论有没有人爱自己，我都要好好爱自己，不让自己活得太委屈，在冰箱里存储足够的食物，有能力买漂亮衣服，开阔视野，过好一点的生活，人间才值得。

03　旅行，是辛苦谋生外的另一种生活意义

朋友跟我说，做旅行攻略是一种解压方式，这个过程中，你会主动去看相关的纪录片、研究路线、分析酒店……一旦投入到对未来之旅的美好幻想和期待里，整个人都散发出愉悦的光芒。

旅行能重新激活一个人对生活的热情，让原本有点自闭的内心开始向外扩张，在谋生的重担中得到放松。

就像阿兰·德波顿在《旅行的艺术》里说，如果生活的要义在于追求幸福，那么除却旅行，很少有别的行为能呈现

这一追求过程中的热情和矛盾。不论是多么不明晰，旅行仍然能表达出紧张工作和辛苦谋生之外的另一种生活意义。

深以为然，旅行，是辛苦谋生外的另一种生活意义。

如果一个人 365 天都只能在封闭和固有的环境里工作、生活，那种一成不变的乏味会掏空你自己。

年轻人，无论多么拮据，都要想方设法让自己走出去，到另一个平行的世界见众生、见天地。

我刚工作时，工资不高，但我每年都会存储一些旅游基金。午餐少点一个菜，平时少买一件衣服，每个月从工资卡上节省一部分出来。等到假期时，自己一个人或者跟朋友去一趟国内游。

没有钱住好的酒店，住青年旅舍也是不错的体验。我穷游过很多地方，为了省钱，试过和几个不认识的女生住一个房间，还和其中一个贵州女生成了朋友——有一年给我寄来了贵州牛肉干，我从没吃过这么好吃的牛肉干。陌生的旅人在陌生的环境里，居然也能碰撞出一种特殊的感情，这种信任，只有在纯粹的旅行情景中才能达成的吧。

我还在厦门鼓浪屿住过漏水的旅店。那时候刚好下雨天，一坐在马桶上，冰凉的水珠正好从屋顶滴在我的脸上。虽然经历好像有点辛酸，但看到鼓浪屿的美丽海岸线，民国风的贵族大宅，充满美感的艺术品以及品尝了各种美味小吃后，居然觉得旅店的简朴环境也自带美化滤镜。

　　无论是多简陋的穷游，只要走出去了，心里就多了诗意和喜乐。陌生地的风土人情和美丽的景观打破我固有的认知，将旧有的烦恼打碎稀释，平日像上了发条的思绪彻底放松下来，思维不再只局限在琐碎的日常苟且里，我的心胸更壮阔开怀，突然又获得了重新振作的勇气。

　　朋友圈里，一位在埃及旅行的博主发了一段文字：

　　当我坐着热气球在尼罗河谷缓缓升起，俯瞰卢克索神庙群和帝王谷时，在古老的建筑和壮观的大自然面前，显得自己多么渺小和卑微，生出一种谦卑之心，烦恼在天大地大之中不值一提。

　　在旅行中，会让人从"有我"变成"无我"，悲观生出乐观。

　　这让我想起大文豪苏轼，他一生被贬多次，甚至有过九死一生的经历，但他每次被贬南下的心情都是乐观的，除了因为他本身是性格豁达的人，大概也因为他有欣赏大好山河的审美观，懂得以边游玩观光边上路的心情来应对自己的遭遇。

所以他被贬到当时的南蛮之地时，也能吟出"罗浮山下四时春，卢橘杨梅次第新。日啖荔枝三百颗，不辞长作岭南人"这样的诗来。

在海南岛，当他第一次吃到"鲜掉眉毛"的生蚝，开心得像个小孩子，立马写了一篇《食蚝》，在文中还俏皮地说："每戒过子慎勿说，恐北方君子闻之。"他让人不要说出去，怕京都那些当官的知道了，和他抢。

在宋代被贬到海南岛，就像被判了死刑一般，但苏轼把这次赴死之行，当成了一次体味人生的快乐之旅。与其说他被贬，不如说这是皇帝给他的一次长途旅行，虽然路途艰辛，但他体会了多少京城达官贵人体会不到的乐趣。

旖旎的自然风光，让他从被贬的消极情绪中生出乐观的生活态度来。

我要学习苏轼那样有乐观生活态度的旅行达人，即使人生遭遇不顺时，也要有旅行的心情，把自己投身在大自然中，当你与大自然融为一体时，你那种为世俗而烦恼的思维会渐渐地得到解放。

旅行，会让你找回那个朴拙单纯的自己，解开思维的死结。

我们在职场里，要应对各种事务，跟不同的人打交道，我们的笑是藏着心事的，我们的坚强也是迫不得已的，我们的圆滑手腕也是自带社会属性的。

家居的生活模式也让我们维持着日常形象，而这形象，可能并非我们的本我形象。日常的生活里，我们好像在以另外一种虚伪的身份在行动。

但是在旅行里，我们可以做回真正的自己，我们站在山巅上大喊大叫，抒发情绪，周边都是陌生人，没有人会在意。

我们的好奇心好像回到了童年，看见没吃过的当地美食，就想尝一尝；看见穿着少数民族服的小孩，就想摸一摸他们的脸蛋；看见一朵简朴的野花、一棵普通大树，也让人心生喜悦。

这些都是平日杀伐果断的你，没有心思做的。

当放下枷锁，做回本我时，连思考也变得流动起来。不再斤斤计较在俗世里的是与非，只想好好享受当下良辰美景，感受大自然的朴拙与纯粹。

在综艺节目《奇遇人生》里，大鹏去到山区探望孩子，当他看到单纯质朴的孩子、未经雕琢的自然环境,他的身份一下子就从导演穿越回小时候的自己。他记得小时候狭窄的家、母亲的生病,记起要多陪家人的初心……职场中的他大多数想的都是票房、资金、演员、投入、回报,哪有时间好好想想那些对他来说很珍贵的人和事呢?

在这个小山村里,却让他重新看待自己的生活,评估当下的自己。

在淳朴的大自然里,才会让我们有时间有机会去好好想想我是谁、我要去哪里、我从哪里来这些最本质的哲学问题。

在大自然中,我们很少自寻烦恼。在壮观的景色里,烦恼也变得谦卑。

曾经看过一句话:"烦恼也是一种自大。"我的理解是:你把自己的烦恼看得太重要了。大自然存在几十亿年,而你的人生不过短短几十载,烦恼最后也会随着你的肉体而消散。有那么多烦恼做什么呢?有空还不如多看几眼大好风光,珍惜眼前人。

旅行的意义是什么呢?为了找到诗和远方?

我喜欢这句话:热爱旅行的人,就算最后没有找到心中的诗和远方,但也始终心怀希望和诗意,让生活因此而美好。

04　生活有委屈感，因为你有敷衍自己的小习惯

微博上有网友分享奶奶教她的生活经验上了热搜，得到过万网友的转发和点赞。

奶奶说："做人要勤快，冰箱里想吃的东西没有了要记得买，衣服换下来了不穿就马上洗，这样在外面累了，会想'回家吃点喜欢吃的东西'，而不是想'好累啊，回家还有一大堆衣服要洗'，有这样的习惯，生活就不那么委屈了。"

我深深地被奶奶那句"生活就不那么委屈了"戳中。

我们成年人的生活夹杂着大大小小的委屈，工作和生活里的焦虑感和挫折感，轮回重演，如果连自己都不善待自己，

回到家没有好吃的，还看到一堆脏衣服，脑补画面都觉得烦心。

一年 365 天如此循环，整天灰头土脸、脾气暴躁，心如死水将会是你的下场。

爱自己的人，再忙再累也会用心照顾好自己，不会成为奶奶口中的在外面累了，还有一堆脏衣服的人。

生活有委屈感，很多时候是因为有敷衍自己的坏习惯。想要活得不那么委屈，首先要学会好好照顾自己，而照顾好自己最基础的做法是坚持美好的小习惯。

《你的人生，我来整理》这本书里有个片段让我印象深刻，主人公春花很烦恼，有一天她突然领悟，开始整理房间，她拉出了抽屉，把里面的东西倒进了垃圾桶。

她在一系列动作后感到一阵痛快，似乎所有的烦恼都烟消云散。大概很多人跟女主有同样的感受，当清掉家里垃圾、叠好衣服、清洗好床单，便有股愉悦感涌上心头，连多巴胺也直线上涨。

可这种轻易就能分泌多巴胺的行为，不是很多人能做到。

我以前住大学宿舍时，每到周末都会看到隔壁床位的室友，一大早在洗衣台上洗七八条牛仔裤和一堆衬衣，看着她搓衣服的落寞背影，真想为她落泪。

其他舍友因为习惯当天的衣服当天洗，此刻能享受美好的周末，而她却心情疲惫地洗过去一周累积的衣服，可想而知每周末她的心理阴影面积有多大。

有些人习惯内衣裤堆到周末快没的穿了，才急急忙忙去洗；晚餐后的锅碗瓢盘堆满水槽，第二天要煮饭时才心烦气躁地去洗刷；工作上忙到冒烟，回到家还有一堆家务事要完成，既委屈又绝望。

曾经被邀请到一位同事家玩，她家干净到连清洁阿姨都说没什么可打扫的。我问她平日这么忙，怎么还有时间把家里保持一尘不染。

她说自己有个"一分钟家务"的好习惯：炒完菜，立马用抹布清理灶台；洗手、洗脸后即刻用抹布擦干溅在洗手台上的水迹；刷牙的空隙擦一擦洗手间的镜子；煮菜空隙擦一擦冰箱门；洗澡前刷一下马桶，洗完澡立马顺手洗内衣裤……

因为常年保持这个"一分钟做家务"的自律习惯，她的家里每天都干净舒适，自己回到家也没有做家务的压力。家被她打造成能装进疲惫肉体和灵魂的温柔乡。

有时候一些随手能做到的小习惯，会让你在打拼一天后的生活变得更从容。就算在外面受了天大的委屈，只要回到干净舒适的小窝，躺在舒服的床上，感觉众生皆可原谅。

能照顾好自己的人，都是能认认真真履行每个好习惯的人。

好友好不容易请了一天假到医院看病，排队挂号时才发现没带身份证和医保卡，赶回家拿完回来，号已经没了。朋友又生气又自责又委屈，她对我说："都怪自己昨天换了手提包，没有把看病需要的证件放进包里。"我清楚好友的习惯，她经常更换手提包之后丢三落四，她上次忘记带钱包，也怪罪自己换了包。

朋友之所以每次更换手提包都有突发事件出现，全因她没有提前准备的好习惯，每次匆匆出门，才把东西放进包里，当然容易遗漏。

《怦然心动的人生整理魔法》的作者近藤麻理惠说，自己每天回家都会把手提包的东西掏出来，固定放在玄关的篮子里，第二天出门再把篮子里的物品放进包包里，这样做有两个好处：一能够及时清理掉包包里没有用的东西；而是如果第二天换包包时，能够保证不遗漏东西。

这个小习惯特别适合那些工作很忙又经常更换手提包的女士，能杜绝忙乱中造成漏东西的情节。

佩服那些能未雨绸缪、提前准备的人，他们就算再忙也活得自在。曾经有读者跟我说自己没有时间好好吃早餐，更没时间煲汤。但是现在发达的科技，不正好为我们这些忙人提供了最强大的后盾吗？

我以前的室友，头一天晚上就把洗好的米放入慢炖锅里，调好时间，第二天早上就有养生粥喝。

广东十级台风时，很多人都仓皇失措地去超市抢食物，可是有准备的人听到天气预报后，一周前就做好各种准备了。台风来了，任外面雨打风吹花落去，他们在家里轻松地看准备好的电影、美食美酒，多么写意。

配得上过美好生活的人，都有一个提前准备的好习惯。

在我们生活的周围已经够多负能量和包袱了，很多不在我们的控制里，但是"未雨绸缪的小习惯"至少还能掌握在自己手里，能多做一点就有多一点的惊喜和从容。

据说，听一首喜欢的歌，多巴胺可以分泌到30%；吃一顿美食，多巴胺可以分泌到60%；遇到一个喜欢的人和他谈恋爱，可以分泌100%。能否遇到喜欢的人只能听天命，但听喜欢的歌和吃美食几乎都是我们力所能及就能实现的小美好。

美好的生活不需要大富大贵，只要家里吃不穷、用不穷，你就会活得其乐无穷。

多年前，叶倩文和钟楚红到林青霞的家里做客，打开她家厨房的柜子和冰箱都空空如也，连一瓶矿泉水、一包方便面都没有。那么豪华的公寓，却像个冰窟，没有一点温度。那一刻，两位朋友很是心疼她。年轻的林青霞不会照顾自己，也不知道如何爱自己。

会照顾自己的人，家里多少要有点烟火味的。他们习惯把美好的东西填满家里的每个角落，无论在外面经受怎样的风吹雨打，回到家立马被美好事物包围住。那种感觉就像烦恼被安装了静音装置，从滚滚红尘折返世外桃源。

很多时候，一些美好的小习惯可以帮你渡过人生的苦厄。可是在生活里，我们有太多敷衍自己的日常而不自知，很多人宁愿躺在沙发上用App点外卖、吃薯片，也不愿意煮顿健康美食慰劳自己；宁愿第二天忍受打卡迟到被罚款，也不愿意提前一天就搭配好第二天要穿的衣服以节约时间；宁愿满身横肉也不愿意下班后举铁、跑步；宁愿床单和被子发霉，也不愿意拿去清洗后晒晒太阳，好让自己在香气中睡个好觉。

我喜欢亦舒那句名言：无论怎样，一个人借故堕落总是不值得原谅的，越是没有人爱，越要爱自己。

一个人借故敷衍生活也是不值得原谅的，在生活里越受到委屈，越要爱自己，而爱自己就要从坚持一个美好的小习惯开始。

如果你感觉生活一团糟，想改变现状，不妨先以整理家居、为自己洗手做羹汤、听一首美妙的音乐作为奠基仪式。

让好的习惯持之以恒，你的世界会逐渐变亮，心情会越发明媚，令人委屈的空气也跟着变得更稀薄。

愿从今天开始，你能住上整洁的房间，冰箱里有喜欢的食物，卧室里有软蓬蓬散发清香的床，床头上还有一束美美的鲜花，每天在治愈中笑醒。

05　吃饭不自律，身体淘汰你连招呼都不打

之前我在微博看到条令人惊悚的新闻：深圳一名男子在网吧上网时突发中风，被发现时已不能说话且大小便失禁，因为发病超过50小时，错过最佳治疗时间。

现在的年轻人，面临比秃头更可怕的中风。有国内研究数据指出，近年中风越来越年轻化，35岁以下人群发生中风概率占总数的9.77%，比例逐年攀升。无独有偶，权威医学期刊《新英格兰医学杂志》最新一项研究显示，全球25岁以上的人中，有中风风险的占了1/4，而中国的中风风险占比最高，高达39%。

无论是国内的研究还是国外的权威数据，都在指向一个真相：年轻人的身体素质没以前那么好了。

这跟年轻人饮食不健康也有很大的关系，比如高盐高糖的饮食习惯，容易有高血压、脑梗、肥胖、加速衰老等后患。之前我在微博上看到有位一边吃着麻辣水煮鱼外卖、一边喝着枸杞水来熬夜的姑娘，她说自己是在"朋克养生"，我说她是"作死养生"。

著名医学杂志《柳叶刀》最新研究说，全球有1/5的死亡人数（相当于1100万人）跟饮食有关，原因大致是吃盐太多，全谷类和水果吃得少，这比因抽烟和高血压造成的死亡人数还要多。

由此可见，饮食习惯和我们的身体素质有很大的相关性。我从前单位的一个小姑娘每天中午都要喝一杯珍珠奶茶，一年后体检验出血糖超标；我自己也曾因为怀孕时太喜欢吃甜食，怀孕26周时做耐糖检测差点没有达标。

吃饭不自律，身体被"淘汰"时连招呼都不会跟你说一声。有些人还没资格被时代淘汰，身体就已经垮了。如果说我们的身体是一座神殿，那么日常饮食就是对这座神殿的供奉，你供奉什么，它就回馈你什么。

在我看来，对神殿最好的供奉就是自律的饮食，好的身体很多时候就是遵循"种豆得豆、种瓜得瓜"的因果律。

精力饱满的人都很会吃

有本健康饮食杂志说，想要保持精力饱满，早餐不适宜吃高碳水的食物。这一点我深表认同。我每次吃完主食份量高的早餐，就会昏昏欲睡，根本不想工作。后来我戒掉高碳水的早餐，换成蛋、奶和全谷类食物后，抗困指数得到有效提升，我在整个上午都能保持精力饱满、大脑回路清晰。

我一个工作强度很高的合作伙伴，早餐不过是一份三明治加酸奶和水果，每次跟她谈业务，她总是容光焕发、神采奕奕，开三小时的会议，依然有张生机勃勃脸。

精力饱满的饮食额度是七分饱。

活到 106 岁的宋美龄是个饮食节制主义者，她的早餐是一份蔬菜沙拉和一个苹果，饮食十分克制且清淡。她每天都会测量体重，一旦超过指标，立马让厨师改变菜谱。

李敖在 80 岁高龄时，依然每天工作 14 小时，令他精力饱满的诀窍除了规律的作息外，还有超级自律的饮食习惯。他说自己吃得很节制，只允许自己每天吃 10 个饺子，并且进食很多青菜；有时也会吃医院里的那种营养便当。

精力饱满的人，都很会吃。他们的"会吃"并不是吃尽天下佳肴，如老饕般嘴馋，而是对美食有种克制的自律感，对再好吃的食物也能做到适可而止。

他们对精力的管理，赢在一日三餐的自律里。

吃不胖的人都是饮食高手

和蔡澜一起吃饭的朋友都说："蔡澜是不吃东西的。"

蔡澜大笑："不是我不吃，是你们看见的时候我吃得少。"

身为美食家，蔡先生是很爱吃的，但他的身材也没胖到哪里去，年轻时更是又瘦又高。他谈到自己保持身材的饮食习惯时说："早餐吃得好一些，中午简单一点，晚上只喝点小酒，一碗豆芽炒豆卜就很满足。如果没有应酬，在家吃饭更加清淡。"

他还说："虽然我是美食家，但我不会胖，真正会吃的人，是不会胖的，一切浅尝怎么会胖？"

2003年世界卫生组织公布了一个结论：膳食纤维是唯一有令人信服的证据表明对于体重增加和肥胖有抵抗作用的食物成分。

饮食高手，都很注意膳食纤维的摄入。

我曾经看过一篇文章说，会养生的蒋介石夫妇，从不大吃大喝，虽然家里有高级厨师，但夫妇二人的养生七法里有两条原则："不吃甜食，适应淡菜；荤素搭配，菜色调和。"由此可见，清淡和均衡的菜色搭配才是养生饮食的精粹。

平衡才是健康，合理的饮食结构胜过整容，饮食高手的餐桌上都不是满汉全席，不过是遵循平平淡淡就是福的道理而已。

长得好看的人都是养生派

长得好看的人都是养生派，这句话我深信不疑。纵观我周围，人到中年依然能保持润泽光洁肌肤的女人，都在小心翼翼地养生。

我公司里皮光肉滑的销售部门主管常年用恒温水壶，每天只喝 40 度左右的温开水，因为这个温度比较接近人体的温度，不会因为一冷一热而损伤内脏。保养好内脏，人才不会容易衰老。

那些皮肤仍"宝刀未老"的人，都是注重饮食细节的养生派。

我曾经见过一些 20 多岁就有抬头纹和鱼尾纹的姑娘，她们的共同点就是不喜欢喝水，等到口渴时才猛灌几口，可是那些皮肤水润润的人每隔半个小时就喝一次水。

很多时候，我们跟那些容貌姣好的人相比，还没开始拼基因，在饮食习惯上就已经技不如人。很多拥有"不老神颜"的人，都是优良饮食习惯的佼佼者。

伊能静一年 365 天都极少喝冷饮，白开水也要喝恒温的；TVB 的女星喜欢在片场自备靓汤傍身；汪明荃坚持吃含核酸的食物，比如蘑菇、酸奶、鱼子酱，因为核酸可以加速新陈代谢和促进血液循环，让人更加有活力。

细水长流的美都隐身在你看不见的养生细节里，所有好看的肉体都是自个成全自个。无论在精力、颜值还是肉体的管理上都胜人一筹的人，首先就是在饮食上吃得有心机。

并不是所有年纪轻轻的肉体都配得上青春靓丽四字，你今天自律健康的饮食方式就是未来身体的打开方式。

村上春树说，一个好的身体就是一种信仰，可以帮助我们更加清醒地审视自己。同理，一种好的饮食方式也是一种信仰，可以让我们更加自律地拥有更优质的身体。

而自律饮食让你拥有的健康人生,这并不只有收割容颜好看、身材迷人的福利。

站在生命的意义上看,它会让你感受到生的喜悦,人间值得。

06　慢食，体味生活的原味道

朋友从深圳到广州来看我，我们在广州一家传统的茶楼"饮茶"。我们广东人说的"饮茶"，其内核精神不是喝茶，而是一边吃着精致的点心一边聊天。那天我们让服务员煮了一壶普洱茶，水在小火炉上慢慢烧开，洗茶叶、泡茶、洗杯筷，一系列动作好像在为我们的聊天做奠基仪式。

朋友聊到一半说："广州真适合生活，一切都是慢慢的，人慢慢地说话，慢慢走路，慢慢吃饭。

"深圳的节奏快到令人喘不过气，科技日新月异，高楼大厦一天比一天新,每个人好像都拼搏在第一线,大家忙着聊工作,忙着走路,连吃饭也很少在家,用手指点点手机叫外卖,成了每天的仪式感。

"日常的自己都快忘了食物是什么味道了。上班时的午餐是点外卖,边吃边盯着电脑或手机,舌头在爵动,但不知道是何物,更食不知味。下班回家,因为太累,没心思做饭,在楼下的快餐店打包点烧味就算是一顿了,因为吃得又快又多,不知不觉身体也胖一圈。"

本来上班的节奏已经够忙够乱,即使下班,整个人的心情和生活节奏都很难放缓,就算回到家,依然会保持高速节奏,快速拖地、快速洗晾衣服、快速吃饭,我们争分夺秒地过每一天,连心跳都领跑很多人。

因为太快,我们没心思观察生活的细枝末节,就算再好吃的食物,也没心思品尝到其最本质的味道。

朋友边吃点心边赞叹:"真好吃,从没吃过这么好吃的点心。"其实深圳的点心并不比广州的差,只是品尝美食的心情和节奏不一样而已。在深圳,她一心想着工作,每天吃得急,而现在看着美丽的珠江景色,心情节奏慢了半拍,自然多花点时间咀嚼食物,用舌头感受味道。因为慢慢吃,她的味蕾被唤醒，身心都被美食感动。

世界慢餐协会的发起人卡洛·佩特里尼说："慢餐不仅仅是给我们的味蕾寻找美味，而且是为了保留我们的人性。"

朋友的人性中对食物之美的感受被激发出来了，之前生活中的她如行尸走肉，就算最美味的食物在眼前，都犹如猪八戒吃人参果，哪里能感受到生活的美好呢？

有一次去香港书展，香港美食节目主持人鼎爷的书卖得很火爆。鼎爷最擅长做传统粤菜，有很多旧式的粤菜工艺已经失传，鼎爷在节目里说，因为那些菜式做起来要花很多时间，从选材料到备菜到下锅，都很考验一个人的用心和耐心。比如做一碟好吃的广式咕噜肉，你要去菜市场选新鲜的菠萝，挑选有口感的猪肉，调配生粉和面粉的比例、盐和糖的比例，油炸时火候要精准，以上一个步骤都不能有误。

鼎爷的父亲是"识食"的广州西关少爷，他教会鼎爷关于美食的真谛："想吃好东西就不要怕麻烦。"

可是我们城市里打拼的人很忙，也很怕麻烦，速食成了我们的普遍选择。速食让很多人的口味一致化，不知道怎么去欣赏不同食材的美，也没时间去烹饪要慢工出细活才能做成的传统菜式，错失了多少人间至味。

但是在我看来，在工作上越忙碌，在生活里越要放慢节奏，这样心态才会更加平衡。当你累了，尝试去逛逛菜市场，慢悠悠地观察各种新鲜食材在眼前铺开。买一条新鲜的鱼、豆腐、香菜，回家煮一锅豆腐鱼汤，清淡又美味；铺上优雅的餐桌布，拎出一套好看的骨瓷碗，把牛奶白的汤水装在精致的碗里，慢慢地一勺一勺地喝，优雅得像英国女王。

当你学会在繁忙的大城市里为自己慢火煮汤，花时间用心烹饪，慢慢地进食，认认真真、全心全意地用各种感官去感知、去享受一顿美食的时候，你会懂得如何才是厚待自己。爱自己、爱生活，先好好爱自己的胃。

慢慢吃，你会发现整个世界都慢下来，同事的八卦是非、老板的白鸽眼、客户的坏脾气等通通消失，仿佛被按了暂停键，这里只有你和食物，只有一个很单纯的世界，很纯粹的关系。

在电影《蒂凡尼的早餐》里，奥黛丽·赫本穿着一袭小黑裙，就着橱窗里的珠光宝气，慢慢地享受早餐的情节让我印象深刻。

电影里的赫本每当心情疲惫、情绪不安时，都会搭乘一辆出租车到蒂凡尼享用早餐，在那里慢悠悠地喝一杯美式咖啡，咬一口香喷喷的牛角包。心情慢慢变好，让她渐渐忘记很多烦恼。

美食的安慰比任何手段来得直接和有效，在大城市里的我们，也需要像电影中的赫本那样，需要慢慢地去品尝一顿美食来调节烦躁不安的心情，重新获得力量。

城市的快节奏生活很容易让人心态失衡。想要重新找回生活的平衡点，需要我们学会丢弃速食的生活方式，重回慢食模式：慢慢为自己精心做一顿饭，慢慢地吃，慢慢地品尝食物的酸甜苦辣，其实也是在体会我们生活的滋味。

无论遇到什么挫折，有再难过的事，也要不慌不忙地吃好每顿饭，学会慢慢地吃，认真地吃，云淡风轻地坚强。

07 有哪些饮食习惯坚持下来，整个人都变美了

在知乎上有个热门话题是"有什么事情坚持下来，整个人都变美了"，有的说自己天天打卡紧致小腹的动作，腹部平坦了许多；有的风雨不改练天鹅臂，真的甩出了清晰的锁骨线。

其中有个网友的分享最得我心。她说因为担心外面的油水不干净，坚持每天下厨做菜，从她上传的家常菜图片看到有西兰花炒牛肉、腐竹拌芹菜、青瓜西红柿沙拉……菜色清淡又健康。她说自从在家吃饭以来，皮肤真的是肉眼可见地变细腻。

在我看来，坚持好的饮食习惯，真的会越吃越美。你吃进去的食物，最后的效果眼睛看得到。

我皮肤最好的时候，是我坐月子的时候。朋友来看我时，都说我皮肤白得发光、气色红润。现在总结起来，大概是那时候吃得很自律，一点生冷的食物都没碰过：把红枣枸杞水当白开水喝（广东人坐月子不喝白开水，只喝红枣水或炒米水，因为产妇身子极寒凉，在我们看来白开水偏寒凉）；花胶鸡汤轮番上阵，饭菜都是清蒸为主；青菜只吃菜心，因为菜心性温，其他蔬菜偏凉不能吃。

那时我每天都吃得极其健康，身子恢复得很好，皮肤细腻有光泽。月子吃得好，保养没烦恼。其实不仅是月子要吃得好，我们日常的饮食如果足够自律、健康，皮肤一样可以美得发光发亮。

在这里，我想要跟大家分享一些饮食习惯，如果能坚持下来，会让你整个人都容光焕发。

饮食方式是好肤质的基础

早上起床喝一大杯水，是每天简单排毒的第一关，但是就连这一点很多人都未必做到。

以前跟我住同一屋檐下的女生，每天早上的手机闹钟响了五六次都没动静，响一次就被她按停一次。在濒临快迟到的时间节点她才会跳起来，急急忙忙刷牙洗脸、穿衣服，在5分钟内拎包走人。所以，她在早上通常没有时间喝水排毒，而且早餐通常也是在街边小摊买个煎饼，一边走一边作飞禽大咬，丝毫顾不得吃相，不然赶不上踩点打卡。

她的饮食方式总是急急忙忙的，只要是能快速填饱肚子的食物，无论有没有营养她都会来者不拒。

我们的身体是很记仇的，你对它不好，迟早会被报复。所以我们要善待它，就要从健康的饮食方式开始。

1. 自炊的好处多到你想象不到

给自己做饭的好处是，你可以享受当季食材，而不必寄人篱下地吃过季食材。

从镜子里看到自己的脸色稍微暗黄，就赶紧煲一锅番茄瘦肉汤水吧！在番茄的底部画上十字架放入滚水中煲2分钟捞起，可以轻松去皮。番茄摊凉后，用刀一片片均匀切开，连同腌制好的瘦肉放入滚开水的电炖锅，20分钟后撒点盐即可大开吃戒，健康又自然。

外面的菜不是多盐就是多油，吃多了，皮肤老化得严重。

我生孩子前有段时间加班吃外卖，只是连续一周而已，眼袋可以媲美电视剧《都挺好》里的苏大强的眼袋了，后转为在家清淡饮食后，眼袋和肤质都稳步改善。

在外面吃饭很难控制盐的含量，高盐分是水肿的罪魁祸首。

因为我是广东人，任何食物都喜欢白灼，这一做法既快又美味，最关键是健康。在家里准备一口锅，水煮开后，放一点油盐，把肉切成薄片扔进去，同理青菜也可如此操作；待肉或菜熟了之后捞起来，伴点酱油，简直人间至味，吃出了新鲜食材的原汁原味。

白灼清蒸的饮食方式，自然又养生，经常坚持这个自己动手的清淡饮食习惯，好皮肤也没那么难哦。

蔡澜先生说，好的人生，从好好吃饭开始，好好吃饭，就是好好爱自己。所以那些爱美、爱自己的人，早就悄悄地开始改变吃饭的方式了。

2. 又忙又美的人点外卖都有小心机

在大城市上班的姑娘，常常忙到眼冒金星，哪有时间做饭？尤其是午餐，基本上都要在公司点外卖，这时候就要培养点外卖的火眼金睛。

很多人打开手机，逛了一圈，会情不自禁地点些重口味菜式，比如麻辣水煮牛肉、辣椒爆炒鸡丁、酸菜鱼，吃完后嘴角长痘、舌头溃疡，得不偿失。

很多又忙又美的人，是最会点外卖的人。我见过我那美丽的女上司午餐喜欢点清蒸炖汤的餐单，要不就是到楼下吃一个番茄肉蛋三明治或者日本饭团，再加一杯豆浆。她对午餐的宗旨是：能吃饱但一定是清淡的少油少盐菜品。

好看的姑娘都不会纵容自己的肠胃和舌头，她们只吃对的食物，连点外卖都比一般人有小心机。

3. 吃饭专心的姑娘，又瘦又美

我们家的饭桌跟有电视的客厅是隔开的，我们的习惯是吃饭不看电视。表妹来我们家吃饭，而她习惯捧着饭碗对着电视或者手机，边吃饭边看剧。

之前看过一则新闻说"吃饭刷手机容易多吃"，巴西拉夫拉斯联邦大学和荷兰乌得勒支大学医学中心研究人员发现，边吃饭边看手机而不专注吃饭的人更容易成为控制体重的苦难户。他们对 62 名志愿者进行了三次实验，结果发现，边吃饭边看手机时，选用高脂食物比专心进食时多 10%。

难怪表妹一直说自己瘦不下来，她不专心吃饭的小习惯早就报应在她日渐虚胖的身材里。

想要又瘦又美，就先改掉自己三心二意的吃饭方式吧，让吃饭归吃饭，玩手机归玩手机，井水不犯河水，身材自然回归秩序。

饮食内容是肤质好的内核

在《营养圣经》里有个健康理念，我抄在了小本子上来提醒自己：

你的基因与你的环境相互作用造就了你，环境是指你吃的所有的食物包括饮料以及呼吸的空气。如果你有好的营养，你就可以拥有适应生活压力的能力，这就是健康。如果你的环境总负荷超过了你遗传而来的适应能力，你就可能会生病。

由此观之，健康由基因和你所吃的食物决定。基因是上帝操作的，我们改变不了，但至少我们可以决定自己吃得有营养，让自己健健康康。

很多人为了减肥，带有一点脂肪的食物都不会吃，导致头发枯黄、皮肤缺乏弹性、心情沮丧，越减越心慌。

我有个姨妈，她的头发乌黑发亮，皮肤光洁有弹性，60岁看起来像是40岁。她家里有很多罐子，各装着南瓜子、芝麻、向日葵瓜子，每日混合磨碎当早餐吃。

据我观察，她特别喜欢吃坚果、种子类食物。我之前看过的营养书也说，种子类的食物有很好的脂肪，能够降低抑郁、过敏、癌症、经前综合征的发病风险。

身体发肤，受之食物，会吃的人不会胖，只会更健康、更好看。

在我的观念里，健康相当于好看，健康的人的每个细胞都活力四射，素颜的肤色美到发光，而每个会吃的姑娘，皮肤都不会差。

找到另一种爱自己的方式

Part 5

01　不慌不忙，在汤里找到坚强的勇气

我 13 岁开始远离家人，读寄宿学校。学校从周一到周五是封闭式学习，周末时同学们各奔东西回家休假，唯独我，因为家里太远，周末也要留在学校里过，一个月才回一次家。一个人去图书馆看书、到饭堂吃饭、在宿舍里洗衣服、在阳台晒被子，我的青春期色调有很大一部分是灰色的孤独。

有个周末适逢圣诞节，英语老师邀请我到她家吃饭。老师有个 10 岁的女儿，先生也是教英语的，一家三口其乐融融。

到了他们家，我主动请缨到厨房帮忙打下手，老师一边用剪刀麻利地把五指毛桃剪成一小段，一边和我聊天，她说

我以后要是觉得在宿舍无聊或苦闷，欢迎我到她家吃饭改善伙食。

老师的善意和温情，我每次想起，心里都暖烘烘。

那天晚上吃的是广式打边炉，老师的先生厨艺了得，做什么菜都好吃。他把电磁炉放在餐桌中间，在电磁炉的煲里放进半锅水，盖上锅盖，等水开后放入腌制好的鸡块和剪成小段的五指毛桃，还有眉豆、陈皮、姜片。不到20分钟，五指毛桃散发出类似椰子的香味，填满了房子每个角落。

老师拿着汤勺给每人盛了一碗汤，先喝汤再开始吃饭，这是我们广东人特有的仪式感。

晚餐是我喜欢的广式打边炉，尤其是在寒冬夹细雨的晚上。老师买了鲮鱼滑、冬瓜、腐竹、土豆片、肉片，用小碟盛放在桌上。我们边吃边聊家常，听了很多有趣的故事，吃到最后，火锅里的汤成了精华。因为汤吸收了各种材料的精华，我忍不住又舀了一碗汤喝。

汤太热，我心太急，打完边炉后，我的口腔上颚烫出了个水泡，管它呢，反正那是我在校园里吃过最开心最好吃的一顿饭。

我忘了那顿饭最后是几点结束的，但那碗五指毛桃汤的味道在我心里恒久远，每当受委屈或遇挫折都喜欢拿出来回味一下。我回味的不仅是味道，还有老师对学生的那种关爱，一种人在他乡被善意对待的温暖。

我初中时有位死党，她的妈妈是煲汤高手，每到周三家长日，她的妈妈都会一手拎着一大袋水果面包，另外一只手肯定是提着一壶用保温瓶装着的妈妈牌老火靓汤。

每次的汤水都不同，女儿考试压力大了，她就会煲鲮鱼粉葛汤；女儿长痘痘气色不好了，就煲绿豆鸽子汤。我的死党被调理得白白嫩嫩。

我家离学校远，我妈也没时间来看我，好友的妈妈在给好友倒汤时，也不忘帮我盛一碗，说给我补充营养。那时候从周一到周三，我和好友都会坐在宿舍的铁架床边，喝汤、聊八卦。

那时候，我们的友情都浓缩在那碗汤里了。

作为寄宿生，周末我常常是孤独的，但从周一到周五我一点都不寂寞，有好友相伴，有好汤补身，再艰苦的学习，也是苦中一点甜。

汤，总是能唤起我对一切美好的回忆。

无论遇到什么难事，只要进厨房煲一锅汤，趁热喝下去，汤水浸润喉咙那种感觉，就像回到了母亲的怀抱，穿越到学生时代被老师关心或是和好友谈心的温馨时刻，仿佛所有的委屈在一吞一咽里被慢慢治愈，所有的人情冷暖都化作汤碗上的蒸气。

刚大学毕业时，因为没钱，我住在一个城中村的农民自建房里。家具很简陋，但厨房设备却一点不马虎，铁锅、电磁炉、电饭锅、电炖锅、广式砂锅、平底锅、高压锅，应有尽有。

厨房是我的宇宙中心，工作中受委屈时，生活上不如意时，感情中受挫时，我都可以到厨房以煲汤的方式疗愈心情。

一个人在外打拼，要舍得对自己好，吃得好，喝得好，心情才不会乱。有时候连续加班了半个月，一到周末整个人都很颓，即使什么都不想做，也会挣扎起来去街市买汤料煲汤。如果水肿就煲赤小豆瘦肉汤，脸色暗黄就煲西红柿牛肉汤，长痘就煲绿豆海带汤，我喜欢身体和心情都能在汤水里得到滋润的感觉。

学会了煲一锅养生汤水，就会找到另一种爱自己的方式。

02　素颜好肤质的姑娘：来一碗花胶靓汤

之前看了综艺节目《我家那闺女》，差点"种草"了吴昕的泡脚桶。感觉敷着面膜，把双脚泡在冒着蒸气的热水里，简直是冬天养生的标配。

说起养生，对于我这个广东人而言，煲汤才是最好的养生方式，尤其在湿冷的冬天里，没几锅靓汤傍身，总觉得浑身不自在，超过一周不喝汤就口干舌燥、皮肤干裂。

许多TVB女星的颜值这么经得起岁月打磨，据说她们在片场都会乖乖地自备一壶老火靓汤，比如老牌明星汪明荃喜欢煲花胶鸡脚汤、佘诗曼喜欢喝菊花枸杞水、刘嘉玲经常让人炖燕窝……

我们广东人相信药食同源，没有什么问题是一锅广式靓汤不能解决的。

我刚生完孩子时，失血过多，脸青唇白，在月子里，婆婆几乎每天都会炖一锅红枣鸡汤给我喝，20天后，脸色渐渐泛红。我在产前、产后，都喝花胶汤补胎和补身，出了月子，我除了变胖了些，皮肤比以前更光泽白嫩。

在此，我总结几款养生汤方子给大家，请笑纳。

TVB女星同款的花胶靓汤

在港剧里，除了经典台词："你饿不饿，我下个面给你吃？"还有句："今晚煲了靓汤，要不要给你装一碗？"

《法证先锋2》里马国英的妈妈就很热衷花胶炖鸡，女儿加班加点回到家，一定有碗妈妈牌鸡汤暖胃。

说起花胶，我家的橱柜里就收藏了不少。办年货时也少不了买花胶，无论是送礼还是自己食用，都很得体、补身。

每周煲一两次花胶炖鸡或者花胶炖牛奶，整张脸比敷最贵的面膜还要滋润。花胶有大量的胶原蛋白，能补充骨胶原，犹如天山童姥的功力，30岁也会有粉嫩的苹果肌。

煲出来的花胶汤是浅浅奶白色，稍稍加点盐调味，汤就会超级鲜甜；咬上一口，吸饱汤汁的花胶在你口腔里碰撞，牙齿在咀嚼间感受到微妙的弹力，那种鲜美和口感会让你觉得人间很值得。

花胶补而不燥，长期用来补身，不化妆也能从内而外保持好气色。我推荐两种花胶汤的做法：

花胶桂圆红枣水

材料：

花胶，桂圆，红枣，枸杞，生姜片。

做法：

1. 提前一晚将花胶泡发，大约需要20小时；

2. 把泡发好的花胶放进冷水里煮开，放几滴米酒和姜片进去，30秒后捞起花胶；

3. 将桂圆、红枣、枸杞洗净备用；

4. 把所有材料放进炖盅（用养生壶也可以）里，隔水炖2.5小时即可。

花胶炖土鸡

材料：

花胶，半只鸡，红枣，枸杞，桂圆，姜片。

做法：

1. 花胶的处理同上；

2. 将鸡肉放进滚水里过一下，去油（若觉得肥腻可以剥掉鸡皮）；

3. 将红枣、枸杞、桂圆洗净备用；

4. 所有材料放进电炖锅里煲 2.5 小时，放盐调味即可。

> 以上是花胶的两种做法，喜欢吃素的可以选择第一种，喜欢吃肉补身的选择第二种。无论选择哪一种，花胶的功效都一样好哦。

03　成为简约派的养生党：调整姿态的花果茶

一历经新春假期的胡吃海喝、日夜颠倒后，身体和皮囊便会出现各种各样的状况。有人长了满脸痘痘，有人直接胖了10斤，有人没胖但体形浮肿，还有人被便秘、口臭连番攻击，都快不好意思开口说话了。

出来混，迟早是要还的。对于非理性的吃喝玩乐，我们的身体迟早也要血债血偿。

虽然过年我也控制不住自己吃了超额的煎炸油腻美食，比如煎年糕、炸虾条、烤鸡等，但每次自己都会搭配一些排毒美颜饮品帮肠胃"压压惊"，所以我的身体皮囊也没有出现大问题，基本能顺利过关。

之前很多读者向我反馈，希望我推荐几款适合在办公室和学校煲的简易汤水，我也觉得很必要。

一来，大家平时上班压力大，工作很伤神，就像我隔壁的同事，天天加班加点做报表，根本没时间煲汤，脸色越来越暗沉；二来，很多上班族和学生党都不太喜欢油烟，喜欢素一点的汤水，如果能在办公室或者学校，用养生壶或电饭锅煲汤就非常简便了，可以工作学习和养生养颜两不误；三来，如果早上起来可以花个几十分钟煲个美颜汤水，顺便拿保温瓶装好带到公司喝，做个讲究效率的养生派，那可多省事啊。

因此，为了能让又忙又美的你们成为一个简约派的养生党，我在家里研发了几款很适合办公室白领或者学生党煲的简易汤水，今天毫无保留地安利给大家。

让你脸色红润的瘦身汤水

一向喜欢大吃大喝的表妹过年来我们家玩，她说自己最近买了一瓶瘦身药丸，每天吃一颗，能保证每天进厕所排几次毒，有种无毒一身轻的感觉。我一边看着她日益发胀的身材和隔夜菜的脸色，一边听着她的安利，真心觉得这个药丸的说服力一点都没有。

老实说，是药三分毒，我从来不认为女人能靠吃什么药让自己变美变瘦。在我身边就有不少因为乱吃减肥药差点进急救的悲壮故事。变美这件事不如老老实实地通过食疗来改进，不投机取巧的变美小心机才能让人漂亮得源远流长。

我强烈建议表妹放弃她的减肥药，并且手把手地教会她煲我下面这款清热润肺的瘦身汤水。

罗汉果山楂无花果水

材料：

罗汉果半只，山楂6颗，无花果5粒，枸杞1汤匙，水8杯。

做法：

1. 破开罗汉果，用水冲洗干净备用；

2. 无花果、山楂以及枸杞浸洗后备用；

3. 水滚后，把所有材料放进瓦锅里（或电炖锅或养生壶或电饭锅），用中火煲20分钟后关火，再焖10分钟即可。

> 罗汉果能够化痰止咳、清热润肺；无花果可以润肠通便；山楂能健脾消积，是减肥削脂的佳品；最后加上清肝明目的枸杞子。这款汤品能让你一边白里透红，一边排毒瘦身。

透亮肤色、补气血茶水

一个女孩子无论五官长得多好看，如果脸色暗黄，颜值上已经输了一大截。

很多女孩子脸如菜色，很大原因是气血不足。

我公司有个女生，每次在生理期都疼得死去活来，脸青口唇白。只要到了生理期，她的工作日基本是废了，如果再这样下去真的很影响前途。

我观察了她的饮食习惯，发现她特别爱喝冷饮吃雪糕，每次叫外卖，她都会另加一瓶冰镇柠檬茶，难怪她在生理期时会疼得那么厉害。

你怎么对待身体，身体就怎么以牙还牙。女孩子要气色好，在生理期不受折腾，就要调理好气血。气血足，脸蛋才能白嫩又红润。

我经常在生理期后,煲下面这款温补气血茶,做法非常简便,用养生壶就能在办公室里操作起来,现在推荐给大家。

桂圆红枣枸杞黑糖水

材料:

桂圆,去核红枣6粒,枸杞1汤匙,黑糖1汤匙,水5杯。

做法:

1. 将桂圆、红枣、枸杞子清洗干净备用;

2. 在养生壶或者锅里加入5杯水,水滚后加入红枣、桂圆、枸杞子,大约煮15分钟;

3. 加入黑糖至溶化即可。

> 这款茶水性质温和、补气血,最适合在生理期后喝,任何体质的人士(但是孕妇先不要喝哦)都可以喝起来,如果体质特别寒的人,还可以加点生姜。

免疫力低下的亚健康人士的茶水

我的体质易贫血,在每次生理期后,我很容易觉得腰酸背痛,身体乏力。以前跟母亲一起住的时候,她经常会煲桑寄生杜仲红枣水给我补身，其功效很神奇，我每次喝完都觉得元气满满，更有能量在职场冲锋陷阵。

那些跟我一样在生理期容易有苍白脸的气血不足的女生，一周喝几次桑寄生杜仲红枣水不仅能补气养血、脸色红润，还能调理经期的不适，是女士调理身体的佳品。

桑寄生杜仲红枣水

材料：

桑寄生3钱，杜仲3钱，红枣6颗，水5碗。

做法：

1. 红枣洗净去核备用；

2. 杜仲切条，把所有材料洗干净；

3. 把水放进养生壶或者锅里，加入所有材料煮成一碗即可。

> 杜仲被称为植物中的黄金，可以降血压、养神，舒缓腰酸背痛；桑寄生可以祛风湿，益肝肾，强筋骨。体弱免疫力低下的女士，特别适合喝这款汤哦。

打造水蜜桃肌的补水汤

爱上银耳雪梨汤这件事，我是深受一位前同事的影响的。那时候我坐在她的办公桌隔壁，有时候工作累了就喜欢忙里偷闲地看看她的脸。她的脸实在是太好看了，五官立体，皮肤水润润的，感觉用手摸一下能掐出水来。

我发现女生的皮肤好，除了因为基因不错之外，还有个重要的杀手锏，那就是她本人是个养生护肤高手。

大家在午餐如狼似虎地吃外卖，而她就会打开早上在家里做的营养饭盒，拿着养生壶在茶水间里煲银耳雪梨汤。她说自己每周都会喝1~2次银耳雪梨汤，这是最便宜的补充骨胶原和润肤的方法。

有一次她还偷偷跟我说："在办公室里，条件允许的话，我们还是要多喝银耳汤，因为在走廊上有很多同事吸烟，我们不知不觉中吸了多少二手烟啊。"她说吸了二手烟，喝点银耳梨汤，感觉肺部就像被清洗过般清澈。

听了她的养生真心话，我早就成了她的追随者。稍微一感觉皮肤有点干、肺部不舒服就会煲这个汤水喝，喝完后，从喉咙到全身肌肤都像跌入水润的温柔乡里一样，实在是太补水了。

银耳南北杏雪梨润肺养颜汤水

材料：

雪梨1个，银耳半个，南杏1汤匙，北杏1汤匙，水8杯，冰糖1小块。

做法：

1. 雪梨洗干净，切去顶部，去芯，切成小块备用；

2. 银耳浸发，去蒂，剪成小朵；

3. 水滚开后，把所有材料放进养生壶或者电炖锅，煲1个小时后放冰糖即可。

> 南杏有很高的蛋白质、植物脂肪，其润燥补肺、滋养肌肤的功效一级棒；北杏比南杏苦，能够止咳、降肺气。南北杏配上软糯的银耳和雪梨，这款汤的润肺滋养肌肤的功效就超级无敌了。

比喉糖胜10倍的排毒水

我每次一感觉喉咙不对劲，痘痘有死灰复燃的苗头时，赶紧煲一大锅茅根水排毒。

这款汤也是家里的镇家之宝，家里无论哪位成员吃了油炸食品，我的母亲就会赶紧掏出汤料来煲一煲。家人没有"毒气攻心"，全是它的功劳。特在此处推荐给大家。

茅根竹蔗无花果蜜枣水

材料：

茅根，竹蔗，无花果，胡萝卜，蜜枣。

做法：

1. 把各种材料洗干净，切块备用；

2. 所有材料放进瓦锅（或电炖锅）里，加6碗水的量，大火煮滚后，改小火煮1.5小时即可。

> 偷偷告诉你，我经常会用保温杯装好一瓶茅根竹蔗水带到公司喝。有时跟客户沟通后，口干舌燥，我就拿出来喝两口，比吃润喉糖还管用。

04 爱护自己的皮囊：煲汤比写诗重要

冯唐在致女儿的书里说：自己的手艺比男人重要，煲汤比写诗重要。这句话戳中了我的小心思，尤其是在冷得哆哆嗦嗦、皮肤被榨干的冬天里，煲一碗老火靓汤比在脸上敷一百层铂金面膜还滋润。

每当进入深秋，我喝汤的频率都快赶超我喝白开水的频率了。贾宝玉说女人是水做的，我觉得不仅如此，女人还是汤汤水水做的，不煲点汤水的女孩怎么好意思说爱护自己的皮囊呢？

我喜欢晚上把煲汤材料准备好，放进调好时间的电炖锅里熬一晚上，第二天用保温瓶装好，开开心心地提着去上班。午饭时跟健康饭盒搭配着享用，简直是日常里最简易的养生方式。

推荐以下几款我在家煲得挺频繁的汤水，希望大家跟我一样喜欢。

白里透红、水灵灵的气质肌靠它滋润

芳龄超过 25 的女生，如果不好好滋润脸蛋，白里透红的少女肌很容易有日落西山之势。那些会养生的女孩，通常会在危机到来之前，先下手为强，把皮肤当成太后，步步惊心地伺候着。但其实如果用对方法伺候，不用步步惊心，而是天天安心。

以下这款汤如果你时常煲来喝一喝，皮囊会以更水润的少女味来报答你。

无花果茶树菇响螺鸡汤

材料：

半只鸡，无花果，杞子，干淮山 5 片，茶树菇，响螺，生姜。

做法：

1. 把鸡洗净切块，放在煮开的水里过30秒，捞起备用；

2. 无花果、杞子洗干净备用，干淮山浸软后捞起备用，姜片3片备用；

3. 茶树菇用热水浸泡30分钟后备用；

4. 响螺片是干货，浸泡时间要长，用水泡软后可以放入锅里用葱、姜、料酒煮15分钟后捞起备用；

5. 把所有食材放进瓦锅里（电炖锅或电饭锅也可以），放进12碗水，大火煲开后，转小火煲2小时，加盐调味即可。

> 响螺滋阴养燥，对熬夜睡眠不好的女生非常有益，很多TVB的演员熬夜拍戏时都喜欢喝这汤调理身体。
>
> 茶树菇能抗氧化和抗癌，长期食用对皮肤多多益善；无花果润肺润喉去痰，对话痨患者最适合啦，哈哈。我平日也喜欢做无花果茶放在办公桌上当水喝，你们也可以试试哦。

皮肤像剥了壳的鸡蛋一样也不是不可能

小时候看过护肤品神仙水的一个广告,由任达华的太太琦琦代言。她在广告里说:"用了神仙水,皮肤就像剥了壳的鸡蛋一样。"这句话深深印在我脑海里。

直到现在我也觉得,对女人皮肤最高的赞美是说她肌肤像剥了壳的鸡蛋一样。在我看来,让皮肤像剥壳的水煮蛋一样又滑又饱满的办法不能仅仅依靠护肤品,喝对汤才是正道。

下面我这两款是保湿补骨胶原宇宙最强的汤水,赶紧拿出小本子抄下来吧。

花胶螺头淮山瘦猪展汤

材料:

花胶3片,螺头,干淮山5片,猪展肉,生姜3片。

做法:

1. 花胶提前一晚浸泡,把花胶放进煮好滚水的锅里,放几滴米酒和姜片进去,30秒后捞起花胶备用;

2. 响螺片的处理方式同上;

3. 干淮山浸软后备用;

4. 猪肉洗干净放进滚水里过30秒备用;

5.把除了花胶的所有材料放进瓦锅里（电炖锅或电饭锅也可以），放进12碗水，大火煲开后，转小火煲1小时后放入花胶，再用小火煲0.5小时后加盐调味即可。

> 花胶是女人的恩物，我平常在家里也收藏了很多花胶，每当皮肤有被摧残的迹象，赶紧炖几锅花胶汤补救，如果再加上滋阴的响螺片一起熬汤，功效简直无敌强。

另外，我再安利一款同样滋阴养颜、补充蛋白质和骨胶原的汤水小能手：桃胶莲子汤。再次郑重说明一下，怀孕的你别碰这款汤哦，但如果你还没怀孕就尽情灌下去吧。

桃胶银耳莲子汤

材料：

桃胶，银耳，莲子，红枣，杞子，桂圆肉。

做法：

1.桃胶提前用清水浸泡，至少要浸泡12个小时，泡到桃胶没有硬芯、呈现透明清澈的状态，再将桃胶捏碎；

2. 银耳提前泡发，然后去掉黄色的银耳蒂头，切小块；

3. 莲子洗干净，对半瓣开，去掉莲心；

4. 将莲子和银耳放入锅中，倒入适量的清水，大火煮开之后，换成小火熬煮；

5. 当熬煮到银耳开始呈现黏稠状的时候，放入冰糖和桃胶，再熬煮 20~30 分钟即可。

拯救脸色发黄、熬夜肝火盛

去年我为了赶书稿，夜没少熬，在连续熬夜苦干了很多个日夜后，我那白白嫩嫩的脸差点活生生被折磨成了黄脸婆。吓得我赶紧煲了几锅姬松茸百合杞子党参鸡汤压惊。

老实说，这款汤特别适合那些经常熬夜、肝功能虚弱的姐妹们，经常喝这款汤能抵抗肌肤敏感，改善肤色，让你不用对镜贴花黄也能水嫩透亮。

姬松茸百合杞子党参鸡汤

材料：

姬松茸，干淮山，百合，杞子，党参，半只鸡，瑶柱。

做法：

1. 姬松茸清洗干净，浸泡 20 分钟后备用；

2. 干淮山浸软后备用；

3. 百合、杞子、党参、瑶柱洗干净后浸泡 10 分钟；

4. 把鸡洗净切块，放在煮开的水里过 30 秒，捞起备用；

5. 把所有材料放进瓦锅里（电炖锅或电饭锅也可以），放进 12 碗水，大火煲开后，转小火煲 1.5 小时，加盐调味即可。

比抽油烟机还强的去湿靓汤

我本人的身体湿气比较重，常常需要靠喝去湿靓汤来排湿气。尤其是南方湿气重，我每隔一两周都要煲去湿汤来拯救体内的湿气。

如果你跟我一样湿气重，脾胃也比较湿热，可以跟我一起来煲这款五指毛桃赤小豆排骨汤。

五指毛桃赤小豆排骨汤

材料：

五指毛桃，赤小豆，排骨。

做法：

1. 把五指毛桃剪成段，洗干净后备用；

2. 排骨放进滚水里过 30 秒捞起备用；

3. 赤小豆浸泡 1 小时后捞起备用；

4. 把所有材料放进瓦锅里（电炖锅或电饭锅也可以），放进 12 碗水，大火煲开后，转小火煲 2 小时，加盐调味即可。

> 五指毛桃和赤小豆是去湿气的武林高手，而且赤小豆不仅能化湿补脾，还能够通便、利尿去水肿。如果你是个容易有水肿脸或者上半身水肿的人，喝这个汤也很适合你哦。

我觉得煲汤不是家庭主妇才有的标签，每个想用心呵护皮囊，渴求美丽终身的人都应该学会。

养生的方式有很多方式，但煲汤是最简约、划算和见效的一种，只要你舍得耕耘，自有一分收获。

亦舒说女人要优雅美丽地老去，就要"勤力洗洁护理肉身，不烟不酒、勿沾毒药，睡眠充足，不可吃饱"。我觉得还差一样，那就是要用心煲汤，让自己在汤水的滋润中健康地慢慢变老。

05　又忙又爱美的你：煲汤是自律的开端

有位女生在微博后台问我："庆哥，不知从什么时候开始，我的眼白发黄，脸色也发黄，怎么办？我是不是有病？"

有读者这么信任我，本来躺在沙发上看书的我，赶紧爬起来推荐几款排毒去黄的煲汤秘方给大家。

其实，肤色暗黄甚至连眼白也发黄的节奏，很大可能是转氨酶偏高，肝脏排毒不佳的表现。

"肤若凝脂，明眸皓齿"的美人一定是肝脏排毒良好的女生。经常熬夜又缺乏内调的女孩，要想拥有洁白的皮肤、闪闪发光的眸子，那简直比创造世界奇迹还要难。尤其身在职场的人，有时熬夜迫不得已，所以更要注重内调了。

作为一个高频率的"加班狗"，我保养的方法是根据一年四季的不同季节煲汤。比如现在春天，最适合护肝，我会煲养肝的汤汤水水，肝好才能白白嫩嫩，颠倒众生。

下面我推荐几款很适合春天护肝美颜的靓汤，喝多了分分钟秒杀林志玲，眼神电到吴亦凡。

没空运动的懒人，如何轻松排毒瘦身？

我喜欢运动，但有时也会因"懒癌"发作而喜欢"葛优躺"。当我不想运动又心虚内疚时，我会煲下面这款汤水来补救肉体上的放纵。

这款汤不仅能养肝，还能瘦身，有时晚上不吃饭，靠喝这汤搭配一些水果，也能慢慢瘦下来。

草菇紫菜滚鲫鱼肉

材料：

草菇 15 颗，鲫鱼，紫菜，生姜 3 片。

做法：

1. 草菇、紫菜洗干净；

2. 鲫鱼挖内脏洗干净后，慢火煎成金黄色；

3. 在锅中加水（大概 8 碗水），放入草菇、紫菜、煎好的鲫鱼、生姜；

4. 20 分钟后放盐即可饮用。

> 紫菜富含多种微量元素，能促进人体的新陈代谢，帮助你快速瘦身。这款汤水做法简单，补血明目，滋肾养肝，越喝越美。

去小肚腩，我只信它

接下来这款是排毒圣手。有一次我豪吃海喝后去坐地铁，有位热心的市民给我让了座，吓得我六神无主。

我都胖成这样吗？虽然我很想坐，可是我并没有怀孕啊，只是肚腩大了点而已……讨厌的小肚腩情不自禁地跑出来绝对是我人生十大尴尬事件之一。自从那天后，吓得我天天研究煲什么汤水才能去掉那神出鬼没的小肚子。

以下这款汤我煲过无数次，对去掉小肚子有神奇效果，跟我一样是吃货的女生们赶紧记下来吧。大家喝这汤时记得连同食材一次吃，排便、瘦肚腩，双管齐下。

淡菜节瓜排骨汤

材料：

节瓜1条，猪排骨500克，淡菜50克，生姜3片。

做法：

1. 节瓜刮皮后切块，排骨洗净并切段，淡菜洗净浸泡15分钟；

2. 所有材料放进瓦锅内，加入10碗水，大火煮沸后，改文火煮2小时，下盐即可。

> 淡菜补肝，节瓜清热排毒，促进排便，最适合有小肚子的美女们啦。

TVB的女明星也喜欢喝这款美颜汤

这款汤我是在一个TVB的煲汤节目里学的。其实在TVB拍戏的工作强度真不足为外人道也，之前袁咏仪在一个节目里大吐苦水说，她在拍戏时曾三天三夜没睡觉，有时回到家连妆都还没卸就睡着了，可想而知日子多苦啊。

可很奇怪，这么辛苦，TVB很多女演员的皮肤居然还能保持得又白又滑,这归功于她们非常爱喝汤。

下面这款茶树菇响螺干猪瘦肉汤是很多TVB女明星宠幸的靓汤,这个秘方不是很多人知道哦,谁煲谁先美。

茶树菇响螺干猪瘦肉汤

材料:

茶树菇50克,胡萝卜1根,响螺干100克,猪瘦肉400克,蜜枣2颗,生姜3片。

做法:

1. 响螺干提前浸泡1小时;
2. 瘦肉洗干净切成3大块备用;
3. 胡萝卜去皮切块;
4. 茶树菇去蒂,浸软;
5. 所有材料一起放进瓦锅内(用电炖锅的效果也一样),加水10碗,大火煮沸后,改小火煮2小时,放盐即可。

> 响螺干是非常有名的滋阴的海味,与茶树菇一起煲,补肝滋阴一级棒。

这款汤专门送给又忙又爱美的你

我的好朋友梁爽大美女写过一篇《千万别小看又忙又美的女人》火遍全网络。好多小伙伴在公众号后台问我们：怎么才能成为"忙成狗"依旧貌美如花的女人啊？她们那焦灼的眼神，我们隔着屏幕也能感觉到。

其实想成为又忙又美的女人，首先要在饮食上做到位。食不定时又不懂调理的女人，大概率会成为又忙又丑的女人。

我平常也忙，但再忙我也会煲汤调理自己。如果下班时间晚，我会选择煲一些在 20 分钟内就能轻松搞定的简单汤水。让自己又忙又美，其实没那么难。

最简单的动作，就是从煲汤开始，下面我推荐的这款汤做法非常简单，新手也能立马 get 起来。

番薯叶滚猪肝汤

材料：

番薯叶 500 克，猪肝 200 克，生姜 3 片。

做法：

1. 番薯叶洗干净；

2. 猪肝洗干净，切成薄片，用生抽、生粉、油各一茶匙拌腌 10 分钟；

3. 起油锅后放 5 碗水，水滚后下番薯叶，再下猪肝、生姜，煮至熟透，下盐、油便可。

> 偷偷告诉你们哦，每次生理期后我都会煲这汤。猪肝补血明目，学会这个汤，脸色红润拒绝黄气就是这么简单。

以前在大学寒暑假时，我待在家里最擅长的事就是熬夜：熬夜看剧，熬夜跟当时的男朋友聊天，就算没什么事干也不会早睡，不熬到凌晨 2 点坚决不躺下。

这样"不要脸"的行为，导致我最后真的没脸见人——痘痘野蛮生长就别提了，我的眼睛不大居然还肿成电灯泡。原来任性是丑的代名词啊！

后来我学乖了！随着年龄的增长，没事的时候我更不敢熬夜，闲着我就敷面膜、煲汤，把五脏六腑养好才是保持颜值的根本，才能一直白白嫩嫩地秒杀男神，才能在同性面前昂首挺胸。

那些在职场上打遍无敌手还能保持居高不下颜值的大美女，绝对也是一个注意饮食调理的自律女子。

变美不是一件容易的事，但学会煲汤是变美的开始，也是自律的开端。

06　提升你的撩人值：让美变成一种能力

不够水润的肌肤，会让人看起来很柴，干巴巴的像一株快枯萎的植物。就算女明星的护肤心得，也在强调补水。

关之琳在床头柜放满补水面膜，每天睁开眼的第一件事就是敷面膜；张嘉倪在《Beauty 小姐》里说自己有专门的蒸汽浴室来排汗保湿；汪明荃、刘嘉玲等明星喜欢吃燕窝、煲汤来润泽肌肤。

我也有句私房口号：一天没补水，肌肤很快颓（这真的不是吓你）。

因此，保湿是女人一年 365 天都不能忘掉的头等大事，尤其是秋冬季，就算大补特补都不过分。

我给大家推荐几款汤水，不仅能补水防燥，还能抗熬夜。喝完我的靓汤，敷个补水面膜，再来一个排毒泡脚，简直就是完美的养生护肤三部曲。

调理肌肤，首先要做好补水养肺

在秋冬天里，我们最重要的是养肺。秋燥袭来，我们很容易因为肺燥而产生皮肤问题。我是敏感性肌肤，皮肤很薄，被北风一吹就会很干而且发痒，还会惊悚地出现红点。

从中医的角度看，肺主皮毛，把肺养好了，肌肤自然就会滑滑嫩嫩，也能防止身体因为秋燥而干痒。

那么秋冬天该吃什么食物调理？

在中医的五行理论中，肺跟白色是对应的，所以吃白色的食物可以达到养肺的效果，比如莲子、百合、雪梨、淮山、豆腐、雪耳、白萝卜等。在煲汤养肺护肤的方子里，我最喜欢用莲子、百合、雪梨、无花果来煲汤，去秋燥润肺的效果由内而外渗透。

煲一锅莲子百合雪梨排骨汤，喝完后通体舒畅，肺部被滋润了，喉咙不再干燥，睡眠也跟着改善。尤其身居雾霾城市的你，有空煲一款汤来宠幸一下自己的身体，会感觉被打通任督二脉。

清润养肺雪梨汤

材料：

雪梨2只，莲子5颗，百合6瓣，无花果4颗，排骨500克，姜片。

做法：

1. 雪梨洗净不用削皮，对半切开，把核剔走备用；

2. 莲子、百合泡软，洗净备用，无花果洗净备用；

3. 排骨洗干净放进滚水里过30秒后捞起备用；

4. 锅中放入清水（大概10碗水）煮开后，放入全部食材，先大火煲10分钟，滚开后再小火煲1.5小时，放盐调味即可。

> 如果用电炖锅慢慢炖，大概需要3小时。无论用什么器材煲汤，出来的效果是一样的。
>
> 莲子虽便宜，但可以健脾益肾补肺，好处多多，配上雪梨、无花果和百合，这款汤的润肺补水功效更上一层楼。做个秋美人，这款汤水是必备。

熬夜后最重要的是降燥降心火

在网上无意看到一条关于当代青年的"朋克养生"指南：啤酒里加几颗枸杞、可乐里放党参、边吃辣条边喝金银花下火、在生理期吃红枣味的雪糕……

大家想"作死"又想自救的养生手段，差点让我笑瘫在沙发。养生要养对了才能自救，否则自己会老得很快。

很多读者问我：熬夜后该怎么养生补救？这一点我很有发言权，因为生产后我几乎每天都会熬夜，如果没点汤水调理，身体很容易崩溃。

睡眠时间不够，五脏六腑便无法休息，没办法分解毒素；毒素积聚体内，伤肝、损心气，人就会变得很烦躁、暴怒；肠胃也会随之变差，生暗疮、便秘、口臭……一大堆毛病涌上来，人就是如此一天天变残的。

如果不得已熬夜，也要懂得在熬完夜后，尽心尽力地补救我们的肉体，除了敷面膜还要好好煲个汤。

最近我熬完夜都喜欢煲乌鸡花旗汤。这款汤去心火、润泽肌肤，排毒的效果很好。每周煲两次，皮肤红润，舌头甘凉清爽。

花旗参炖乌鸡

材料：

乌鸡半只，花旗参6克，胡萝卜一根，姜片3片。

做法：

1. 乌鸡洗干净，用盐腌15分钟，洗干净后备用；

2. 花旗参洗干净备用；

3. 胡萝卜削皮切段后备用；

4. 把所有材料包括姜片放进炖锅里，倒入12碗水，炖3小时（各个炖锅的功能不一样，有的快有的慢），放盐调味即可。

花旗参鸡汤很适合熬夜党喝，能清虚火、生津安神、补肾宁心。如果你没有时间做花旗参煲鸡汤，把几片花旗参放进保温杯里泡来喝，功效也很好。放在办公室没事喝几口，生津下火，也是一个很好的养生方式。

调理好五脏六腑，皮肤就好了

中医认为，把五脏六腑都调理好了，皮肤才能呈现最好的状态。我们平日煲的汤汤水水，最重要的功能就是要抚慰好内在的器官，养得好，才能长得好。

秋冬天是进补养颜的最好时机，接下来给大家推荐一款香港明星都喜欢在家里炖的家常汤水：椰子瘦肉汤。

椰子是养颜的宝贝，小时候听长辈说，喝椰子水可以令头发更有光泽，拿来煲汤鲜甜可口，超级润肤补水。将椰子、百合和栗子同煲出来的汤，更是美颜圣品。

润肺补肾鲜椰汤

材料：

椰子1个，胡萝卜1条，栗子8颗，瘦肉300克，百合2瓣，水8碗，姜2片。

做法：

1. 倒出椰子水后，将椰子破开切片，亦可请菜市场的店主帮忙切开；

2. 栗子去壳，浸泡热水去衣备用；

3. 百合略浸泡；

4. 胡萝卜去皮切块；

5. 瘦肉放在滚水里过 30 秒捞起备用；

6. 锅中倒入 8 碗清水和椰子水，待滚开后，加入全部食材，大火煮 10 分钟，再转小火 2 个小时，加盐调味即可。

> 椰子里放百合可以止咳润肺，特别适合干燥的秋冬季节，栗子补脑补肾，营养价值高，几种汤料搭配，润肺又补肾，养颜又润肌，老少咸宜，谁煲谁美。

王尔德说，美是一种天赋。

但学会煲汤的你，会让美不仅是一种天赋，还是一种能力。